KB120503

어쩌죠?
　　사는 게 점점
　　재밌어져요!

어쩌죠? 사는 게 점점 재밌어져요!

책을 통해 넓힌 시야로 불어오는 블리스의 바람

초 판 1쇄 2024년 06월 21일

지은이 김옥란
펴낸이 류종렬

펴낸곳 미다스북스
본부장 임종익
편집장 이다경, 김가영
디자인 윤가희, 임인영
책임진행 이예나, 김요섭, 안채원, 임윤정

등록 2001년 3월 21일 제2001-000040호
주소 서울시 마포구 양화로 133 서교타워 711호
전화 02) 322-7802~3
팩스 02) 6007-1845
블로그 http://blog.naver.com/midasbooks
전자주소 midasbooks@hanmail.net
페이스북 https://www.facebook.com/midasbooks425
인스타그램 https://www.instagram.com/midasbooks

ⓒ 김옥란, 미다스북스 2024, *Printed in Korea*.

ISBN 979-11-6910-694-8 03810

값 18,000원

미다스북스는 다음세대에게 필요한 지혜와 교양을 생각합니다.

책을 통해
넓힌 시야로 불어오는
블리스의 바람

어쩌죠?
사는 게 점점
재밌어져요!

글·그림 김옥란

미다스북스

프롤로그

만 권의 책을 읽는 동안
인생은 갈수록 즐거워진다

'책을 읽으면 돈이 나오냐.'고 직접 묻는 사람도 있었고, 눈빛으로 말을 하는 사람도 있었다. 만 권의 책을 읽기까지 늘 책을 손에서 놓지 않았던 나에게, 그들이 던지는 질문이었다. 그런데 이상하다. 그렇게 이야기를 하는 사람들 대부분이 사실은 책에 대해 동경하고 있다는 것이다. 그것은 마치 여우가 포도를 대하는 마음과 같다. 너무나 먹고 싶지만 먹을 수 없기에 '신포도'라고 애써 위안했던 것처럼, 사실은 책에 대한 열망을 감추기 위한 핑계로 '돈'을 끌고 온 것이 아닐까. 비슷한 예로 '사랑이 밥 먹여주냐.'와 같은 말이 있겠다.

반대로 나는 묻고 싶다. 책을 읽지 않으면 무슨 맛으로 사냐고. 자발적 책 읽기로 인해 바쁘고 시간에 쫓겨 살아서인지, 책을 읽지 않는 사람들은 그 많은 시간 도대체 무엇을 할까? 궁금하다. 하긴 친구들을 만나면 알 수 있다. 내 친구들은 만나면 서로의 손녀와 손자 이야기를 늘어놓는다. 재미 있다. 나도 그들 이야기에 빠져든다. 아이들은 언제나 사랑스럽다.

그다음 단계는 요리 이야기다. 무엇을 해서 먹었네, 고추를 말렸네, 소금을 샀네. 이때부터는 슬슬 지루해지기 시작한다. 이것은 내 영역이 아니다. 헤어질 때쯤이면 친구들은 말한다. "남는 게 시간이여.", "언제든 불러.", "전화도 하고.", "할 일이 없어서 심심해."라고.

'아니, 그 많은 일을 하고 재미가 없다니? 자기를 위한 일이 아니라서 그럴까? 남을 위한 일을 해서 헛헛한 마음일까?' 심심하다고 말하는 친구들의 말이 안타깝다. '자신을 위한 일을 해봐.', '왜 시간이 남아? 할 일이 이렇게 많은데.' 같은 말들은 대부분 그냥 삼켜 버린다.

중년의 나이에도 여전히 책을 읽고 새로운 도전을 하며 사는 나는 그들 사이에서는 똘끼 여사로 통한다. 하지만 개의치 않는다. 나의 삶은 그래서 즐거운걸? 나는 바쁘게 책을 읽고 다른 책을 읽어야 해서 하루 24시간이 늘 부족하다. 낮에는 논술 선생님으로 학생들을 가르쳐야 한다. 독서를 통해 확장된 지식으로 그들과 함께 토론을 하거나 더 나아지는 길을 위해 이야기를 나눈다. 퇴근 후 책을 읽으면서 알게 되는 지식과 이견들을 접하며, '이 책을 읽지 않았다면 어쩔 뻔?'하며 가슴을 쓸어내린다. 책 덕후의 삶이다.

그들 사이에서는 똘끼 여사지만, 남녀노소 불문하고 책 좋아하는 사람과는 하루 종일 대화를 나눌 수 있다. 바로 친구가 된다. 주변에 끊임없이 사람이 모인다. 내 책 이야기를 듣고 싶어 하는 사람들이다. 같은 논술 선생님도 있고 학부모들도 있고 젊은 청년들도 있다. 그들은 나와 책 이야기 나누기를 좋아한다. 끝도 없이 읽은 책들은 손때가 묻었지만 내 주변을 파수꾼처럼 지켜준다. 외로울 때는 시집을 읽고 '이 길이 맞아?'라는 의문이 생기면 거실 책장으로 그 해답을 찾아 나선다. 책을 찾아서 궁금한 부분을 읽고 답을 찾아간다.

왜 이렇게까지 책을 읽느냐고? 책이 내게 준 선물 때문이다. 책은 내게 자존감이라는 든든함을 주었다. 이리저리 휘둘리지 않고 삶을 올곧게 살 수 있는 것도 책 덕분이다. 책에는 수많은 길이 있다. 그 길을 모두 직접 가 볼 수는 없다. 그들이 쓴 책을 통해 간접 경험한 것도 내 길이 되어, 도움이 된다.

책은 돈도 벌어주며 자유와 자립을 준다. 학원을 운영하며 수익을 내고 그 돈으로 삶을 알차게 꾸려간다. 자식이나 타인에게 손 벌릴 필요 없이 내 손으로 벌어 마음껏 하고 싶은 것을 한다. 책을 사고 영화를 보고 여행을 한다. 이 자유로움도 책이 준 것이다.

책은 예상치 못한 선물을 줄줄이 꿰어 갖고 왔다. 책 만 권을 읽고 났더 니 물이 100도에서 끓는 것처럼, 책도 임계점을 넘어 다른 것들을 끌어온 다. 시집 300권을 읽고 습작 시 200편을 썼다. 그렇게 나는 시인이 됐다.

미술 에세이 책을 100권 아니, 더 많이 읽었다. 궁금한 그림들이 점점 많 아진다. 미술관에 관심이 가고 자주 방문해서 미술에 대한 견문을 넓힌다. 어느 날, 홀린 듯 붓을 들어 그림을 그렸다. 200점이 넘는 아크릴화가 쏟아 져 나왔고, 그것으로 그림 전시회를 두 번이나 했다. 미술 대전에 나가 상 도 여러 개 받았다.

나는 책도 읽고 시도 쓰고 그림을 그리는 우아한 중년이다. 남들이 나를 보면 "화려하게 산다.", "멋지게 산다."라고 말한다. 나는 책만 읽었을 뿐이 다. 책을 읽었더니 부유하게 살고 시인이 되었고 화가가 되었다. 하고 싶은 일은 점점 많아지고 사는 날이 점점 좋아진다. 읽을 책이 곁에 있는 삶은 내게 즐거운 일이다. 삶이 지루하지 않고 누구에게 의지하지 않는다. 온전 히 책 읽기에 몰입하는 시간이 점점 더 귀할 뿐이다.

지금도 늦지 않았다. 주체적으로 살고 싶은 분들, 길어진 삶을 재미있게 살고 싶은 분. 책으로 시작해 보길 권한다. 쉬운 책부터 시작해 보면 된다. 이제 나이 육십은 예전으로 치면 사십 내나 다름없다. 우리에게는 아직도 책을 읽을 시간이 충분하며, 책을 읽으면서 인생을 즐겁게 살 수 있다. 늦었다고 생각 말고, 한번 읽어보자. 당신에게 무슨 일이 일어날지 궁금하고 기대된다.

책을 통해 넓힌 시야로 사는 중년의 삶은 한번 살아볼 만한 가치가 충분하다. 일상의 소박한 재미와 나만의 카이로스 시간을 계획하기에 이보다 좋은 시기는 없는 것 같다. 여러분! 응원합니다.

2024년 6월 김옥란

목차

프롤로그   •   004

만 권의 책을 읽는 동안 인생은 갈수록 즐거워진다

1 살짝만 미쳐도 삶이 즐거워진다

01 우린 소도 잡을 수 있어!   •   015

02 박달나무 아래 웅덩이에서 수영 배우기   •   019

03 다이어트 젬병녀   •   022

04 너구리가 깨우는 세상, 백두대간을 가다   •   025

05 나는 베란다 벙커에 산다   •   029

06 나만의 '고도를 기다리며'   •   032

07 미칠 광 씨와 미칠 급 씨는 동갑이다   •   037

2 무엇보다 사람이 재산이다

01 비행기 안에서 젊은 일본인 친구를 사귀다   •   043

02 진정한 양보는 미어캣이다   •   046

03 다리 하나만 줘   •   049

04 세 자매가 나섰다, 예술 영화를 보러   •   053

05 개헤엄 치다가 친구를 사귀었다   •   057

06 호모 사피엔스님들! 반려견에게 사랑을!   •   060

3 모든 것은 책에서 시작되었다

01 섹시한 할머니로 늙고 싶다 • 067

02 나는 벽돌 책을 깨주는 선생님이다 • 070

03 다윈의 진화설이 독서에 미치는 영향 • 074

04 나를 키운 건 팔 할이 책이다 • 077

05 서점에서 색깔 쇼핑하는 여자 • 080

06 책 빼고 미니멀라이프 • 084

07 나는 책으로 재테크한다 • 088

08 나는 책 덕후다 • 091

4 그림을 아는 사람은 뭐가 달라도 달라

01 그림이 걸려 있는 집 • 099

02 그리기는 자궁이 다시 피어나는 것이다 • 108

03 그림책은 못다 핀 꽃 한 송이 • 111

04 색, 나를 미치게 하는 것에 대하여 • 114

05 음식을 못 하는 대신 그릇 보는 눈은 있거든요 • 118

5 그리스 로마 신화에서 삶을 배우다

01 응, 선생님도 바람 좀 피웠어! • 123

02 판도라 상자를 드릴게요, 희망을 잡으세요 • 127

03 깃대에 나를 묶어다오 • 130

04 헤르메스여, 나팔을 불라 • 134

05 마음을 열어 둔 피그말리온처럼 • 138

06 교활한 시시포스가 나의 롤모델이 된 까닭 • 142

6 돈 부자보다 취미 부자가 되어라!

01 뜨개질은 파편화된 마음을 치유한다 · 149

02 내가 궁궐을 좋아하는 이유는 따로 있다 · 153

03 예술 영화로 깬 내 마음의 금기 · 157

04 모닝 수영장은 엄마의 자궁이다 · 161

05 수다스러운 미술 여행 · 164

06 하와이에서 홈리스 따돌리기 · 169

07 욕망이여 입을 열어라 · 173

08 미술관 투어, 블랙 히포를 사다 · 177

7 깜찍하게 나이 들고 싶다

01 파초잎에 떨어지는 빗소리 · 183

02 자유로를 달려 심학산에 잠들고 싶다 · 187

03 도시와 시골, 9분의 거리 · 190

04 인생 호황기를 사는 나는 소박파 · 194

05 매미가 부러운 까닭 · 199

06 꽃과 나무 사이 함수관계 · 203

07 나의 카이로스 시간 · 207

8 나 혼자 폼나게 산다

01 나는 단독자로 산다 • 213

02 바보야, 몰입은 나를 잊는 거야 • 220

03 혼자 하는 제의(祭儀) 시간 • 223

04 미리 독립시키기 훈련 • 226

05 똘끼로 간신히 마련한 세컨하우스 • 230

06 나는 카멜레온처럼 변신하련다 • 235

07 개미 말고 베짱이가 좋은 이유 • 239

08 하와이 욕조에서 6박을 지내다 • 242

9 독서 만 권 그 후의 파편들!

01 밤 10시는 유혹의 시간이다 • 249

02 엄펑이는 카멜레온 • 253

03 내 서재에는 메피스토펠레스가 산다 • 257

04 안중근 사촌쯤 되는 나 • 261

에필로그 • 266

나만의 꽃다발을 만들고 싶다

1

살짝만 미쳐도
삶이 즐거워진다

우린 소도 잡을 수 있어!

"엄마, 나 스타벅스 돌체 블랙 밀크티가 먹고 싶어." 퇴근을 서두르던 내게 온 딸의 메시지다.

"그럼 어떻게 해?"

"사이렌 오더(스마트폰으로 주문하는 것)해 놓을게. 찾아만 와요."

"응, 알겠어."

딸이 주문을 캡처해서 내게 보냈다. 퇴근을 서두르며 사무실 근처에 있는 스타벅스 드라이브 스루로 차를 몰았다. 마음은 이 맛있는 음료수를 빨리 딸에게 먹이고 싶다. 나의 마음이 가득 찼기에 발걸음이 바빴다. 스타벅스에서 빠르게 오더를 주고 돌체 블랙 밀크티를 받아들었다. 내 운전대는 빙글거리며 돌았고 손에 힘이 들어갔다. '역시 난 똑똑해.' 엉덩이를 씰룩거리며 콧노래를 부르다 보니 아파트 주차장에 도착했다. 드라이브 스루에서 받아든 음료수는 우뚝하니 앞 좌석 컵 홀더에 꽂혀 있었다. 당당하게! 어서 집으로 들고 가서 하나의 미션을 완성한 보람을 느끼고 싶었다.

우리집 주차장으로, 거기까지는 좋았다. 주차를 하고 가방과 노트북, 책을 들었다. 오늘따라 짐이 한가득이었다. 가방은 어깨에 걸고 한 손에는 노트북을 들고 다른 손으로 주문받은 밀크티를 잡아야겠다는 생각과 몸의 각도, 차문을 닫으려는 순간! 밀크티 뚜껑이 열리면서 음료가 비틀, 바닥으로 고꾸라졌다. 내 손은 허공을 가르고 돌체 블랙 밀크티를 바닥에 떨어트리고 말았다. 살색 물이 주차장 바닥에 흘렀다.

컵은 쓰러져 토사물을 쏟아내고 엎드려 있다. '울고 싶은 내 마음이여. 난 실수를 좀처럼 안 하는 편인데 어쩌다 내가….' 아무리 속 소리를 내고 아쉬워해도 돌체 블랙 밀크티는 일어서지 않았다.

다시 또 헛소리가 나왔다. "오메, 어쩔, 다 엎질러졌네."

한숨을 푹푹 쉬고 있는 사이 딸이 엄펑이(강아지 이름)를 데리고 나타났다.

"엄마 왜 그래? 아유, 다 쏟았어?" 흑흑, 나는 쓰러진 컵을 들어 주웠다.

"괜찮아, 엄마", "다음에 먹으면 되지." 딸이 나를 위로할수록 내 몸이 떨려왔다.

'맛있는 음료를 먹여주고 싶었는데,' 혼잣말을 하며 계단을 올라 집으로 들어갔다.

신발을 벗고 거실에서 정신을 차리자, 오기가 생겼다. "은지야, 스타벅스 돌체 블랙 밀크티 파는 곳 검색해 봐. 나 그거 사러 가야겠어. 엉, 나 사러 가야겠으니 검색 좀 해줘." 딸이 검색을 시작했지만 늦은 시간이라 대부분 문을 닫거나 주문을 받지 않았다.

"아, 인천공항 쪽에 있네." 그곳은 공항 안에 있는 스타벅스였다. 그곳은 비행기 표를 사야만 들어갈 수 있는 곳,

"오메메, 다른 곳을 검색해 봐." 우리 둘의 대화는 거실 천장을 흔들거리게 했다. 시간이 없다. 하는 곳도 없다.

"하는 곳이 없네. 주문을 받지 않아."

"그래도 더 찾아봐."

"어, 있다."

"그런데 우리집과 1시간 거리에 있는 광진구?"

"가다 보면 문 닫을 시간이야."

"가자, 무조건 간다. 가서 돌체 블랙 밀크티를 못 사더라도 간다." 우리는 비장하게 주차장을 뛰어나갔다.

나와 딸이 탄 차는 행주대교를 지나 강변북로를 달렸다. 나는 요리조리 빠른 차선을 달리고 달렸다. 늦은 시간인데도 차가 많았다.

"에휴, 도착하면 문 닫을지도 몰라.", "그래도 가서 사야 해, 나는."

아주 무모한 도전을 했다. 강변북로는 위험했다. 그러나 우리는 달리고 달리고 달려 광진구 스타벅스 주차장에 도착했다. 문 닫기 5분 전 급하게 주차를 했고 딸은 뛰어들어가 돌체 블랙 밀크티 2잔을 주문했다. 숨을 헐떡거리며 밀크티를 받아들고 주차장 시멘트 턱에 엉덩이를 걸쳤다. 돌체 블랙 밀크티를 깊게 빨아 마셨다.

"오호, 맛있는 돌체 블랙 밀크티." 엄마의 사랑인지, 승부 근성인지는 모르겠다. 오늘의 미션을 성공하고 싶었다. 나는 어떤 미션이 떨어지면 꼭 그것을 이루고 싶은 욕구가 강하다. 그래서 안 되는 게 있어도 어떻게든 끝까지 밀고 나가본다. 이런 습성은 좋은 점도 있지만 오늘처럼 무모한 도전이 될 수도 있다는 점은 위험하다.

우리 모녀는 돌아오는 강변북로 차 안에서 한참을 웃었다. 하하하 소리 내서 웃고 또 서로 쳐다보며 웃었다. 그리고 알았다.

"우린 소도 잡을 수 있어!"

02

박달나무 아래 웅덩이에서
수영 배우기

미국에서 동생이 잠시 귀국했다. 동생은 늦은 나이에 이민을 가서 5년 동안 한국에 오지 못했다. 이번이 이민 이후 두 번째 고향 방문이다. 병원 일과 부동산에 관한 처리도 하며 2달간 쉬다 간다. 나는 한국서 죽어라 일만 하는데 탱자탱자 놀고 있는 동생을 보면 좀 얄밉고 부럽기도 하다. '나는 언제 미국과 한국을 오가며 살까?' 꿈 깨시고 하다가도 다시 꿈을 꿔 본다.

동생이 와서 좋은 점이 있다. 함께 모닝 수영을 하게 된 것이다. 우리는 오전 7시 모닝 자유형 수영을 했다.

동생은 첫날엔 헉헉대며 힘들어했다. '그럼 그렇지, 쌤통이다.' 이 늦은 나이에도 동생과 은근한 경쟁심이 생겨 그런 생각을 했다. 아직도 그런 경쟁심이 있다는 것이 신기할 따름이다. 하지만 며칠 지나자 동생은 휠휠 수영 폼이 살아나 나를 이기기 시작했다. 내가 수영을 잘한다고 생각했지만 오산이었다.

동생에게 부러움 반, 시샘 반, 그런 마음이 목구멍까지 타고 올라온다. '이 못난 언니야, 꿈 깨셔~ 아니 꿈 안 꾼다고.' 속사람과 대화를 나누기도 하며 내 마음을 달래본다.

우리의 수영 실력은 산속에서 시작되었다. 어린 날을 소환해 본다. 산속

마을(지금 보니 야산)에서 할 수 있는 일은 산속으로 들어가 놀잇감을 찾는 것이다. 어린 날 나와 동생은 해가 뜨면 엄마가 차려놓은 밥을 먹고 비닐봉지를 들고 산속으로 갔다. 그냥 자동적으로 갔다. 우리의 일상은 노는 것이니까. 우린 그늘진 곳, 또는 편평한 곳을 찾고 납작한 돌을 골라서 방을 만들었다. 또 부엌도 만들고 나뭇잎과 돌로 상을 차렸다. 방 두 개를 만들고 하나는 내가, 하나는 동생이 앉았다. 둘의 집을 지은 것이다. 한참 집을 짓고 나면 얼굴은 땀범벅, 손은 흙범벅이 돼 있었다. 사실 집을 짓는 행위에는 산속에서 동생과 나, 둘만이 편히 쉴 수 있는 곳을 만드는 데 그 의미가 있었다. 우리만의 공간이 필요했다. 어린 날의 놀이 공간 말이다.

우리는 누워서 하늘을 보기도 하고 앉아서 놀기도 했다. 하늘은 파랗고 산은 초록색이었다. 집짓기가 끝나면 더 이상 놀 것은 없었다. 우린 산을 내려오다 샘물이 있는 곳으로 갔다. 그곳에는 샘물을 모아 만든 우물이 있었다. 그 물은 파이프를 이용해서 우리집에 먹을 물을 주는 곳이었다. 어찌 보면 신성한 곳이었는데도 우린 이곳에서 수영을 배웠다. 우물 주변으로 작은 늪지대가 형성되어 있었다. 풀을 걷어내고 흙도 밀어내었다. 그러자 제법 크기가 되는 웅덩이가 생겼다.

그 웅덩이에는 산속 물에만 사는 작은 물방개가 있었다. 등이 까맸다. 소금쟁이는 발이 가늘고 길었다. 돌에 사는 미꾸라지는 작고 미끌거렸다. 물이끼도 있었다. 물풀도 길었다. 우리가 우물 주변을 정리하자 맑은 물웅덩이가 생겼다. 우린 팬티만 입고 그곳에서 수영을 했다. 지금 생각하면 무섭고 더럽다고 했을 웅덩이, 그 웅덩이에서 물속에 뜨는 법과 팔을 휘젓는 법을 스스로 배웠다. 흙 반, 물 반? 물이 조금 더 많았으니까 물에 떴을 것이다. 말 그대로 수영이라기보다 물속에 몸을 담그고 뜨는 연습이었다. 그래도 우리는 신이 났다.

엄마는 우리를 찾지도 않는다. 밭일을 하느라, 시댁 식구들 건사하느라, 자기 자식은 산에 있는지, 늪에 있는지 몰랐을 엄마의 바쁨.

우리는 이렇게 산속에서 수영을 배웠다. 우리가 그곳을 안전하게 생각한 것은 작은 박 열매를 달고 있는 박달나무가 있었기 때문이다. 박달나무는 신성한 나무, 단군신화의 나무다. 신단수! 아무튼 우리의 수영은 든든한 박달나무 아래 산속에서 시작되었다.

어린 날의 집짓기와 수영 덕분인지, 우리 자매들은 뭘 배우거나 개척하는 새로운 일을 두려워하지 않는다. 자산 늘리기도 못 하는 편은 아니다. 강원도에 조그만 공간 임대를 계획할 때도 여러 가지 복잡하고 챙겨야 할 일들이 많았다. 그러나 산속에서의 집짓기처럼 신나고 재미있게 그 일을 감당했고 지금은 '루나 하우스'라는 공간을 임대운영하고 있다. 어린 날에 경험한 소꿉놀이처럼 공간을 꾸미다 보니 예쁜 공간이 탄생한 것이다.

어린 날의 경험은 진하고 강하다. 어린 날의 경험이 중년의 세월까지 영향을 미친다는 것을 밝혀낸 사람은 프로이트다. 오늘도 동생과 나는 수영장 라인을 헤엄치며 나아간다. 어린 날은 물에 떠 있기만 한 수영, 중년 뚱뚱이들은 물 찬 제비처럼 물을 가르고 나아간다. 물개들처럼 말이다. 또 수영을 하다 힘들면 물속 걷기를 하며 지난날 산속 웅덩이에서 헤엄치던 이야기를 나눈다.

동생이 한국에서 건강검진을 잘 받고 더 건강하게 돼서 미국으로 돌아가기를 바란다.

동생 사랑해~

03

다이어트 젬병녀

'내 생애 뱃살은 빠질 수 있는 것일까?'

나는 살을 빼기 위해 한약도 먹어보고 굶기도 해보았다. 한약을 먹으면 정말 밥맛이 없어진다. 그래서 조금 소식을 한다. 한약을 먹는 것은 한계가 있다. 곧 만성이 되면 약도 먹고 밥도 먹게 된다. 내 속은 만신창이가 된다. 그러다가 속이 부대껴서 한약을 잠시 쉰다. 그렇게 남겨진 한약 봉지는 냉장고 야채칸을 지키다가 어느새 쓰레기통으로 던져진다.

내 뱃살은 그대로 현상 유지! 이제 간헐적 단식에 들어간다. 알고 지내던 지인이 '간헐적 단식으로 2kg 뺐네.' 하는 말이 내 귀에 쏙 들어온 날부터 나는 하루 먹고 하루 굶는 단식을 시작한다. 그렇게 서너 번은 잘 된다. 음식이 그득하던 배가 좀 비어져서인지 속이 가뿐하다. 역시 단식을 하니 좋다. 내 뱃살아 안녕. 오늘도 단식, 모레도 단식을 한다.

어느 날, 저녁 회식이란다. '에라 모르겠다'. 가뿐해진 배가 있기에 '에라 모르겠다.' 삼겹살에 쌈장, 단식 날을 바꿔 폭식 날을 만든다. 내 배는 원래보다 더 불룩 나와 있다. 폭식을 했으니. 후회해도 소용없다. 뱃살은 단식에도 끄떡없게 품위 유지를 잘한다.

나는 뱃살에도 불구하고 아침마다 모닝 수영을 한다. 수영장 탈의실에는 보고 싶지 않아도 보이는 커다란 저울이 있다. 그 저울을 보면 무심코 몸을 자동으로 올리게 된다.

내 몸을 올리고, '어이쿠 큰일이다.', '한 근도 안 빠졌네.' 혼잣말을 한다. 저울에서 내려오다 돌아서면 보이는 거울 속에 내 알몸이 있다. 나의 뱃살은 여전히 불룩하다, 손으로 움켜쥐어보고 가려도 본다. 하지만 손을 놓으면 다시 제자리로 돌아오는 뱃살은 꽤 묵직하다. 힘없이 샤워실로 들어가 살며시 수영복을 입고 수영장으로 몸을 풍덩 숨겼다. 자유형을 하네, 배영을 하네, 나는 열나게 라인을 돌았다. "자기야, 내가 요즘 먹는 게 있는데 초유 단백질이거든."이라는 소리가 들렸다. 수영을 하고 집으로 가서 단백질을 먹었더니 배가 든든해서 밥을 적게 먹었다는 이야기이다. 이렇게 한 사람이 '뱃살을 쏙 뺐다네.' 그 소리가 내 귓바퀴를 돌아 쏙~ 귓속으로 들어갔다.

나는 못 들은 척했지만 집으로 돌아가서 바로 주문을 넣었다. 초유 단백질은 맛있었다. 포만감이 있어서 아침밥을 먹지 않아도 되었다. 이제 '내 뱃살이여, 안녕!' 나는 모닝 수영하고 초유 단백질을 먹고 점심과 저녁만 먹기로 하고 그렇게 지냈다. 하루 이틀은 몸이 가벼워서 좋았다. 점심도 견딜 만했다. 그러나 꼭 저녁이 문제였다. 저녁은 허기가 진다, 하루 종일 학생들을 가르치느라 제대로 먹지 못한 끼니를 뱃살은 기억했다. 밥이 너무도 먹고 싶다. 내 배는 밥을 부르고 있다. '참아야지. 참아야지.' 아무리 주문을 외워도 내 몸은 주방과 냉장고 사이를 서성거렸다. '아, 오늘 한 번만 먹을까?', '안 돼.' 뱃살, 뱃살, 아직도 뱃살은 그대로다.

'몰라, 오늘 한 번만 먹자.' 이런 고민을 수능시험 볼 때 했더라면 더 좋은 점수를 맞을 수 있었을 것이다. 내가 졌다. 김치를 꺼냈다. 치즈와 나물, 그동안 먹지 못했던 것들을 모조리 꺼내 혼자만의 만찬을 즐겼다. 다음은 말하지 않겠다. 다 아시지요? 초유 단백질 통은 쩐내를 풍기며 다용도 선반에 지금도 있다. 내 뱃살은 여전히 품위 유지 중이고.

'어떻게 해야 다이어트에 성공해, 뱃살을 덜 수 있을까?'

같은 아파트에 사는 막내 여동생은 마음이 나보다 단단한 것 같다. 살을 빼겠다고 하면 꼭 실천을 한다. 여동생은 저녁을 17시에 끝낸다고 한다. 17시 이후에는 아무리 맛있는 거라도 먹지 않는단다. 너무 거시기한 거라 생각할 수도 있지만 자신과의 약속을 꼭 지키는 동생이 대단하고 부럽다. 나는 마음이 너무 헤벌죽인가 보다. 단단하지 못하다. 그러나 내 뱃살이 너무도 단호하다. 내 뱃살, 어떻게 하면 덜 수 있을까요? 중년, 우아하고 싶은 중년 부인은 뱃살과의 전쟁 중이다. 오늘도 헐렁한 티셔츠로 배를 가리고 센치한 척 주차장으로 걸어간다.

"저기 있잖아, 그 한약방 다이어트 한약이 그렇게 잘 듣는데, 묵은 변이 정말 콸콸이라더라."

내 귀에 또 들리는 말은 주차장을 걸어가는 두 여인의 말이다. "에이." 귀를 막고 자동차에 올랐다. 다이어트 젬병녀, 윤주는 오늘도 뱃살을 싣고 달려간다. 학생들이 기다리고 있는 논술 학원으로, '뱃심이 있어야 공부도 잘하지!' 말씀하시던 할머니의 목소리가 들린다. 나는 뱃살과 뱃심도 구분하지 못하는 노다이어트녀다.

* 윤주(김윤주)는 나의 필명이다.

너구리가 깨우는 세상,
백두대간을 가다

"따르릉. 따르릉." 자명종 소리에 눈을 떴다. 새벽 4시 30분, 벌떡 일어나 샤워를 하고 어제 준비해 놓은 이불 보따리를 들고 주차장으로 갔다. 이불 보따리를 들고 가기엔 너구리가 너무 작다. 그러거나 말거나 강릉 주문진 영진해변을 티맵(네비게이션)에 입력하고 페달을 밟았다. 주차장을 빠져나오자 밖은 더 깜깜 절벽이다. 외곽 순환 도로를 통과하고 양주와 불암산 톨게이트를 통과해 깜깜한 새벽을 달렸다. 도로에 불을 밝힌 차들이 하나둘 나타나기 시작한다. 나는 부지런히 페달을 밟았다. 속도 위반 신호가 뜨면 브레이크를 살짝살짝 밟으며 새벽을 달린다. 백두대간을 깨우러 너구리가 간다. 1시간 이상을 달렸다.

조금씩 새벽이 깨어났다. 먼저 하늘이 깨어난다. 우라노스의 기지개가 있었다. 우라노스가 산의 실루엣을 보여 준다. 아직도 산은 얇은 구름을 덮고 잠들어 있다. 조금 더 운전을 하자, 백두대간이 확연하게 보인다. 이른 새벽에 다른 도시가 깨어나는 것을 본다는 것, 경이로운 의식이다. 강원도 동해로 이어진 허리를 백두대간을 관통하며 새벽에 맞는다. 의식 같은 마음이 들어 신성을 느낀다. 아직도 얇은 구름은 산 여기저기를 덮어주고 있다. '멋지네.' 구름 위에서 서유기에 나오는 삼장법사가 지팡이를 들고 서 있을 것 같은 느낌이다.

이제 도로가 깨어난다. 내 앞에도 차가 있다. 나를 따르는 뒤쪽 차도 두세 대가 된다. 도로는 먼저 깨어난 산허리를 돌고 돈다. 너구리도 함께 산을 돌고 돌아 나간다. 드디어 강릉 동해 고속도로에 들어섰다. 홍천 휴게소다. 하늘 저쪽이 밝아온다. 백두대간 위로 헬리오스가 얼굴을 내민다. 헬리오스는 아침과 저녁을 주관하는 신이다. 헬리오스는 자신의 얼굴을 보이다 감추고, 감추다가 보인다. 구름 속에서 숨바꼭질하는 해돋이가 장관이다. 헬리오스는 밤새 동쪽으로 태양 마차를 몰았을 것이다. 황금 머리카락을 날리며, 네 마리의 말들은 콧김을 푸푸거리며 뛰었을 것이다. 깜깜한 하늘을 깨우려고 말이다.

너구리가 깨운 새벽은 초록이다. 산도 초록, 나무도 초록, 들풀도 초록이다. 그 초록들에서 새벽 공기를 타고 풀냄새가 난다. 상쾌하다. 이제 지붕의 색도 보인다. 하늘은 더 밝게 열리고 있다. 눈이 부시다. 이제 아침이 왔다. 너구리는 할 일이 없어진다. 갑자기 다시 밤으로 가려는지, 졸음이 몰려온다. '휴게소에서 잠시 쉬어가자.' 작은 휴게소에 주차하고 대용량 얼음 커피를 준비해 다시 차에 올랐다. 커피 한 모금을 빨았다. '카―악, 기가 막히게 쌉쌀하다.' 커피 향이 다시 너구리의 정신을 깨워주었다. 다시 달리고 달렸다.

주문진 영진해변에 도착했다. 아침 바다는 요란스럽다. 너구리가 깨우지도 않았는데, 지금 청소 중인가? 파도가 높다. 바다의 신 포세이돈이 아침 청소를 하나 보다. 삼지창을 휘두른다.

바다를 깨우는 포세이돈. 파도 소리를 들으며 두 칸짜리 접이 의자를 폈다. 잠시 누워 하늘을 본다. 하늘의 신 우라노스가 얼굴을 찌푸린다. '비를 뿌려 주려나?' 각자 새벽을 깨우고 자신의 일을 하는 새벽은 모든 것이 경이롭다.

사실 너구리는 오늘도 게스트 하우스 청소를 하러 이곳에 왔다. 신이 새벽을 깨우는 모습을 가만가만 느끼면서 나는 터널로 숨었다가 나왔다 하며, 숨바꼭질하면서 달렸다. 바다는 잠잠할 생각이 없는 것 같다. 파도 주름이 자꾸 생기는 걸 보니 포세이돈의 바다 깨우기는 거세다.

요즘 너구리는 안과 밖으로 나를 깨운다. 안으로는 감정들을 깨운다. 우울감을 깨우고 행복감도 깨운다. 신비감도 맛보고 쓸쓸함도 깨운다. 인생 중년은 나를 안으로 밖으로 깨어주기에 딱 좋은 시간이다. 자녀 양육도 끝났고 자산 형성도 거의 막바지(더 많이 쌓으면 좋겠지만 지금도 만족한다. 속마음은 아닐까?)라 한적한 마음이다. 내 판도라 상자를 열어 여러 감정들을 깨워주고 쓸어주는 시간이 여유롭다. 밖으로는 그동안 인풋으로 쌓아놓은 것을 아웃풋으로 세상에 내어놓는다. 밖으로도 깨어주는 작업(아웃풋)은 좋은 결과물이 된다. 너구리가 깨우는 세상은 오묘하다.

이제 세 달째 운영하는 루나 하우스는 참 재밌는 공간 임대다. 게스트가 나가면 바로 청소를 해야 하는 노고가 있지만, 강릉으로 이렇게 새벽을 달릴 때는 여행 오는 느낌이다. 어릴 때 소꿉놀이하던 실력으로 꾸며 놓은 루나 하우스는 나의 세컨하우스며 동시에 게스트 하우스다. 난 이 공간을 미적 공간으로 꾸며보았다. 홀로 또는 둘이 와서 힐링하는 나만의 공간으로 말이다. 책은 500권을 비치했다. 5분 거리에 있는 바다를 산책하며 오늘처럼 이곳에 왔을 때, 접이 의자를 펼치고 한 꼭지, 두 꼭지 읽는 체험을 위한 책이다. 바다에서 책 읽는 컨셉이다. 게스트들이 모두 만족하며 일주일 살기, 보름 살기를 한다. 호스트인 나도 이곳에 올 때마다 좋은데 게스트들도 같은 마음일 것 같다. 힐링하는 마음으로 루나 하우스에서 잘 지내다 가서 좋다. 아마 게스트들도 영진해변의 바닷가 파도 소리를 들으며 깨어나는 내면을 마주하고 있었겠지? 생각해본다.

이곳에 나 혼자 있는 듯 파도 소리만 높다. 아무 소리도 없다. 단지 파도와 나뿐이다. 사실 나도 없다. 파도 소리만 있다. 너구리는 영진해변서 물아일체를 경험한다. 새벽을 깨우고 자신을 깨우고 타인을 깨워주는 자연! 알람 소리가 나를 깨워주듯이 나는 내 곁에 있는 사람들이 내면과 외면을 깨웠으면 하는 마음이다. 쪼개고 합일하는 의식을 경험하기를 바란다. 난 내가 가르치는 학생들의 사고와 마음을 깨워주는 교사이고 싶다. 게스트 청소는 버려두고 한 시간 넘게 바람을 맞는다. 나를 깨워주는 파도 바람을.

낯선 도시의 새벽을 깨워보라. 새벽은 잠든 나도 깨운다. 인풋과 아웃풋의 경계에 새벽이 존재한다.

*너구리(책 읽는 너구리)는 나의 블로그 닉네임이다.

05

나는 베란다 벙커에 산다

내 침대는 편백나무다. 3년 전 이사 올 때 새로 장만한 수퍼 싱글 사이즈 다. 침대 시트도 까사미아에서 좋은 것으로 장만했다. 에어컨을 틀고 자면 여름엔 시원하고 겨울엔 난방이 잘되는 방이라 따뜻하고 쾌적하다. 그러나 침대는 늘 비어 있다. 이런 침대에서 난 잠을 잘 수 없다. 심장 시술을 한 후 로 쿨렁거리는 침대에서 자면 가슴이 접혀 숨이 잘 쉬어지지 않는다. 불편 해서 잠을 잘 수가 없다. 어떻게든 적응해 보려고 노력해도 공염불이다. 그 래서 잠자리를 생각해 베란다에 2층 벙커 침대를 마련했다. 이 벙커는 예전 에 쓰던 것인데, 원래 이사 올 때 당근마켓에 내어놓을까? 고민하다가 끌고 왔다. 너무 잘한 것 같다. 내 2층 벙커는 그냥 나무 침대라 바닥이 딱딱하 다. 얇은 요를 준비해서 깔고 잠을 자기도 한다. 하지만 나는 그냥 나무에서 자는 편이 좋다. 나뭇결을 그대로 느낄 수 있어 바닥이 좋다.

'웬 청승.'
'뭐야, 부부 사이가 안 좋은가?'
그렇게 생각할 수도 있다. 그런데 다 틀렸다. 나는 이곳이 세상 어느 곳보다 편하다. 퇴근 후에 푹 쉴 수 있는 곳이 베란다 벙커다. 밤새 읽고 싶은 책을 맘대로 읽을 수 있는 곳도 이곳이다. 큰 방문을 닫고 커튼을 치면 불빛도 차단되고 집중도 잘 된다. 이곳에서 하루의 피로를 풀고 이곳에서 다음날을 계획한다.

1층 벙커에는 나무 미닫이문을 달았다. 그 문만 닫으면 세상과 단절된 듯 아무 소리도 들리지 않는다. 또 동굴 같은 역할을 한다. 동굴에는 상징적인 의미가 있는데, 그건 엄마의 자궁이다. 그래서 나는 1층 벙커에서 밤마다 재탄생을 경험한다. 우리가 삶을 살아가노라면 상처 나고 할퀴어진 가슴에 멍이 들 때가 있다. 이럴 때 다시 엄마의 뱃속으로 들어가 안식을 얻을 수 있다. 우리 몸은 치유를 원한다. 그래서 자궁 같은 구덩이를 찾는다. 여행을 가서 텐트를 친다든지, 이불 속에 숨어 있다든지, 홀로 카페에 숨는다든지, 자신이 회복되기를 바라는 블루 타임(내일을 위해 준비하는 시간을 일컫는 말)을 갖기도 한다. 내게는 이 시간이 벙커 생활이다. 힘들고 어려운 마음이 가득 차오르면 무조건 벙커에 누워 자거나 베란다에 놓은 화분과 무언의 대화를 나누며 나를 릴랙스시킨다. 베란다 벙커는 내게 치유의 공간이며 생성의 공간이다. 내가 다른 누구의 간섭도 없이 푹~ 곰국이 되는 공간이다.

이곳에서 시도 쓰고, 이곳에서 작은 에스키스(본격적으로 그림을 그리기 전, 작품 구상을 위해 그리는 밑그림, 초고)도 수없이 그린다. 또 이곳은 나의 독서 장소이다. 보기엔 초등학생들 2층 침대 같지만, 어른용 벙커로 특별한 주문을 넣어 만든 작품이다. 나무도 매끄럽고 단단해서 좋다. 특히 비가 오는 날은 정말 환상의 공간이다. 베란다 화분과 파초나무에 떨어지는 빗소리가 얼마나 아름다운지 들어봐야 안다. 쇼팽이 이 소리를 들었다면 새로운 빗방울 전주곡을 작곡했을 명소다. 이곳에는 나의 기록물들이 정리되어 있다. 일기, 계획서, 습작 시, 습작 스케치, 각종 출판사의 시집과 예술 영화 화보도 걸려 있다. 나의 간이 작업실이면서 작품의 산실도 된다. 인간은 사회적 동물이지만 때론 혼자만의 시간, 회복의 시간이 필요하다. 혼자만의 시간이 필요한 나와 당신, 물론 여럿이 공통으로 대화하고 소통하는 거실 문화가 살아나야 하는 것도 맞지만 혼자만의 블루 타임 장소도 꼭 필요하다. 이곳은 내 카페도 되고 음악 감상실도 된다.

아주 편리한 곳, 베란다 벙커. 나는 베란다 벙커 2층에서 잔다. 나는 파초잎을 보며 더운 나라 상상을 한다. 할 수만 있다면 파초나무를 한 그루 더 키우고 싶다.

아침에 되기 전, 새벽이 오면 창밖이 시끄럽다. 베란다 앞 소나무에서 새들이 지저귄다. '책 읽는 너구리님? 일어날 시간입니다. 짹! 짹!' 나는 새소리에 새벽잠에서 깬다. 일어나서 베란다 창문을 열고 큰바람을 맞는다. 더 늙으면 딱딱한 곳이 불편해질까? 걱정이지만 아직은 이곳이 나의 아지트처럼 편하다. 햇빛이 찾아드는 아침에 커피 한 잔을 들고 2층 벙커에서 하늘을 올려다보는 여유는 내 중년의 축복이다.

06

나만의 '고도를 기다리며'

요즘 나의 화두는 『고도를 기다리며』다. 그의 희곡과 소설 『몰로이』를 읽었지만, 그래도 쉽사리 손에 잡히지 않는 고도, 이번엔 3시간짜리 연극에 도전했다. 그날도 교회 일로 바쁜 일정을 마치고 부랴부랴 간 홍대 앞 소극장은 조촐하게도 버스 정류장 옆에 자리를 잡고 있었다. 나와 남편은 중년이다. 또 방금 교회에서 예배를 드린 후라 정장 차림이었다. 더 나이가 들어 보였다는 것이다. 예매표를 보이며 좌석을 배정받기 무섭게 속속 몰려드는 인파, 그들은 대학생인 듯한 시퍼런 젊은이들이었다.

그러거나 말거나 우리는 소극장 안으로 진입했고 연극이 시작되었다. 연극 무대는 달랑 나무 한 그루, 그리고 허름한 옷차림의 두 배우. 그런데 이 연출로 3시간이라니? 걱정이 되었다.

연극은 에스트라공이 장화를 벗는 장면으로 시작한다. 블라디미르와 에스트라공은 허름한 옷차림에 지친 모습을 하고 있다. 이 두 사람은 고도를 기다리며 시간을 보내고 있다.

사무엘 베케트는 '고도를 기다린다.'는 설정 외에는 아무것도 기미를 주지 않는다.

고도가 무엇인지?
고도는 누구인지?
고도는 언제 오는지?

두 인물은 끝없이 고도를 기다린다.

잠깐 이런 생각을 하는 사이에 옆 남자의 고개가 숙어지기 시작한다. 팔뚝으로 툭~ 건드려보지만 깨어날 기미가 보이지 않는다. 좀 창피했으나 그냥 무시하며 연극을 보았다. 연극은 계속해서 두 배우가 지루해서 어쩔 줄 모르는 장면이 대부분이다. 노래도 불러보고 둘이 안아도 보고 모자를 썼다 벗었다 하며 시간을 보내지만, 시간은 지루하기만 하다.

이쯤에서 베케트는 두 배우와 관객 사이에 흥미로운 장면을 선물한다. 바로 포조와 럭키의 등장이다. 포조는 주인이면서 쾌활했고 럭키에게 모든 것을 시키는 자신의 행동을 자랑스러워한다. 포조의 희화된 행동들은 관객을 웃게 만들었다. 또 지금까지 극장 안에 머물던 지루함을 벗겨내 주었다. 그러나 럭키의 차림새가 심상치 않다. 그는 목에는 밧줄이 걸려 있고 두 손에는 무거운 가방과 음식 바구니가 있다. 그리고 정말 바로 쓰러질 것 같은 모습이다. 살짝 예전에 보았던 희곡에서 들었던 해설을 참고하자면 포조는 정신, 럭키는 육체란 기억을 더듬는다. 바로 현대 인간의 모습, 육체를 묶어둔 채 정신만을 가지고 살아가는 현대인의 모습이 겹쳐왔다. 아무튼 두 사람의 등장으로 관객들과 블라디미르, 에스트라공은 시간을 빨리 보내게 되었다.

그들이 퇴장하고 다시 연극 무대에는 적막과 기다림이 계속된다.

고고는 정말 지루함을 못 견디고 "가자."고 조른다. 그러자 디디가 "고도를 기다려야지."라고 한다.

고고는 "그렇지."하며 또다시 그들의 기다림은 계속된다. 1막 끝에 10분이라는 휴식이 주어졌다. 소극장의 불이 켜지고 남편도 깨어났다.

난 1시간 30분이라는 시간이 하나도 지루하지 않았다. 그런데 연극 내내 졸던 남편은 아무렇지도 않은 표정으로 휴대폰을 들여다본다. 2막이 시작되었다. 남편은 2막의 1시간 30분도 거의 졸면서 좌석을 지켰다.

연극은 끝났다. 난 이제 조금 『고도를 기다리며』가 손에 잡히는 것 같아 기분이 좋았다. 그리고 우린 내가 결정한 음식점에서 계란 오믈렛과 봄나물 파스타, 그리고 진한 커피를 딱! 내 입에 맞는 맞춤 음식들을 거의 혼자 먹었다.

여기서 사무엘 베케트의 철학을 생각해 보아야겠다. 사람이 끝없는 기다림을 마주할 때 어떻게 보내야 할까? 디디와 고고는 그 긴 기다림을 언어 유희를 하며 견디어 냈다. 또 다른 배우인 포조와 럭키는 어딘가에 묶여서 시간을 보내고 있었다. 2막에서 포조와 럭키는 장님과 벙어리가 되어 다시 출현한다. 아무튼 고도의 인물들은 견디는 능력자들임에는 틀림없다.

나에게도 이 지루함을 견딜 수 있는 무엇인가가 있었나? 생각해 보았다. 난 견딘 것이 아니라 숨었다는 표현이 맞을 듯하다. 삶의 어려움과 굴곡마다 내가 선택한 견딤은 바로 숨기였다. 아이가 태어나자마자 호흡 곤란으로 인큐베이터에서 한 달을 지내는 동안 나는 산과 병원에서 끝없이 울면서 종교에 숨었다. 그리고 아이가 커서 사춘기 피바람이 불 때도 종교에 깊이 숨었다. 결국 중3이 된 어린 아들을 뉴질랜드 유학이라는 계획으로 마무리 지으며 난 손을 털 수 있었다. 또 인생에 어려움이 닥쳐왔다. 캐나다 이민 바람이 불어왔다. 남편은 직장을 그만두고 요리를 하며 자격을 갖추었고 출국 비행기 표를 끊었다. 그러나 결국 그 이민은 무산되었고 경제적인 어려움이 닥쳐왔다. 난 이제 종교보다도 내가 그동안 조금씩 끈을 놓지 않았던 책 속에 숨었다. 다시 학원을 시작하고 무작정 책을 읽었다. 그 시작이 지금 여기까지 온 것이다.

내가 책 속에 숨었던 이 행위도 견딤이 될 수 있을까?

지금 이 연극을 보면서 마치 내가 이 고도를 기다리는 블라디미르와 에스트라공이 된 느낌이다. 무작정 내일이면 나아질 거야! 곧 좋아지겠지? 연극 중 간간이 나오는 그 소년처럼 희망을 품고 살았다. 난 나만 힘들다고 아우성쳤다. 내가 힘들다고 소리 지를 뿐, 남편은 안중에도 없었다. 오늘 이 연극 관람처럼 말이다. 나에게 맞춰진 행위들 말이다.

나의 어려움은 모두 남편 때문이라는 생각, 거기서 벗어난 적이 한 번도 없다.

지금 남편은 그 고도의 시간들을 어떻게 견뎠을까? 궁금해졌다.

아들이 죽을 고비를 넘기고 있을 때, 아내가 산후출혈로 사경을 헤매고 있었을 때, 또 이민이 무산되었을 때, 또 직장을 잃었을 때, 무수한 단어들이 물음표를 달고 이어졌다.

난 고백하건대 내가 추진하던 목표(고도) 아래 이 남자는 무엇을 하며 견뎠는지 물어본 적이 없다. 그냥 나만 피해자란 생각을 했을 뿐이다. 사실 내가 세운 고도가 너무도 높고 길었다. 사립초등학교 보내기, 성악 전공, 아내의 못다한 대학원 공부 등.

이러한 무리한 고도를 설정할 때마다 남편이 지었을 한숨을 생각하니 미안한 마음이다.

나는 홍대에서 집으로 돌아오면서 살며시 운전하는 남편의 손을 잡아주었다. 피식 웃는 남편의 미소 너머 씁쓸함이 보였다. 그런데 습관은 너무나도 무섭다.

집에 도착하자마자 '다음에 또 연극 보러 가자.'라는 말에 남편의 얼굴이 어둡다. 아내에게 맞춰진 시간을 보내야 하는 남편의 외로움을 난 언제쯤 알게 될는지. 그리고 책 읽기는 계속되었다. 돌아누운 남편의 허리가 굽다. 고도를 기다리는 디디와 고고의 몸짓처럼 지루한 적막이 흐른다.

07

미칠 광 씨와 미칠 급 씨는
동갑이다

나는 유난스럽게 왕자를 좋아한다. 왕이 되고 싶은 나의 심리도 있을 것이다. 또 내 이름 옥(玉)자에 왕(王)자가 있다. 아무튼 나는 왕(王)자를 좋아한다. 그런데 왕(王)자 옆에 짐승을 뜻하는 한자가 함께 있는 광(狂)자도 매력을 느낀다. 인문학적으로 생각해보면 미칠 광, 임금이 바르고 바르게 살면 정말 바른 정치를 할 수 없다는 뜻이 광자에 있다.(나의 해석일 수도 있다.) 우리 마음엔 짐승 같은 미친 짓이 있는 한편, 그 광증을 억누르는 바르다가 함께 공존하기에 우리 정신은 온전하다. 세상은 빛과 그림자가 공존해야만 살 수 있듯이 우리 마음도 마찬가지다. 나라의 군주 옆에 늘 함께 있었던 난쟁이나 광대의 예는 그것을 말해준다.

내가 광과 급을 좋아하는 이유는 여기에 있다. 광은 미치도록 하고 싶은 게 많아서다. 나이가 점점 들면 힘도 빠지고 나른해지며 의욕이 사라져야 하는데, 나는 반대다. 뭐든 도전하고 싶다. 그것이 책이든, 집필이든, 시든, 그림이든, 라이센스라든지, 다 하고 싶다. 미치도록 하고 싶은 것이 많아서 광자를 좋아한다. 다음은 미칠 급자다.

나는 뭐든 하나에 꽂히면 100개 이상 시도한다. 손뜨개질도 100개 이상 뜬 경험이 있다. 그림도 100개 넘겨 그렸다. 스케치도 100개 넘게, 물론 책은 더 말할 필요가 없을 정도로 다독한다. 이런 내가 미치다 차오르는 급자를 좋아하는 것은 당연하다. 내 삶은 광과 급으로 조직되었는지도 모른다. 미친 듯이 읽고 쓰고 고르고 완성하고 미치게 넘치도록 오르려는 마음이 내게 있다. 이런 마음은 젊은이만 갖는 것이 아니다. 내가 이번에 그림 전시회를 열면서 또 느꼈다. '나는 뭔가에 빠져 살아야 하는 인간이구나.' 그래야 몸과 마음이 편한 리듬인 것 같다. 광자와 급자를 미치도록 좋아하는 똘끼 여사는 요즘 글쓰기에 미쳐 사족을 못 쓰고 있다. 써도 써도 이야기가 나오고 써도 써도 머리에서 맴도는 글은 내 귓바퀴를 거쳐 팔을 지나 손가락에서 숨을 쉰다. 미치도록 쓰고 싶은 글과 그림 사이에서 헤매다가 한숨 자고 나면 미칠 급자에 이르게 된다. 참 어처구니가 없는 내 삶이다. 여러분들 뭔가를 할 때 자꾸 주춤거리게 되면 주변을 살펴보세요. 분명히 저 같은 기인 하나를 발견할 겁니다. 겁내지 말고 따라쟁이 해보세요. 그럼 됩니다. 뭔가 됩니다. 저는 따라하는 당신을 따라쟁이 해서 제 삶을 릴랙스, 릴랙스하렵니다.

미칠 광은 내게 바르게 사는 법을 알려주고 미칠 급은 내 삶의 임계점을 넘겨준다. 뭔가 몰입하는 자세를 주기도 한다. 미칠 광 속에는 나의 '놀이하는 인간'이 있다. 호모 루덴스! 호이징가라는 철학자는 노동과 놀이를 분리하지 말아야 행복한 삶을 살 수 있다고 했다. 미치도록 놀이하고 그곳에 도달하도록 애쓰는 행동이 우리 삶을 풍요롭게 한다는 것이다.

"왜? 그렇게 몰입하는 거야. 좀 주무셔!"

"또 내일 아프다고 하지 말고 잠 좀 자요!"

우리 가족이 밤에 하는 말이다. 나는 야행성인지라 늘 새벽에 무엇인가를 한다. 아마도 자정부터 하던 것에 빠져서 광기를 내는 것이다. 독서에 미쳐 있다든지, 그림에 미쳐 있다든지, 내가 미치는 것은 여러 가지다. 어느 날은 뜨개질에 미쳤다. 정확히는 수세미 뜨기다. 1,000원이면 쉽게 살 수 있는 수세미를 날 밤을 새워가며 떴다. 멈출 수가 없다. 100개를 향한 수세미 뜨기는 내 손에 관절염을 가져왔지만 나는 그 시간이 너무 행복했다. 노동하는 호모 루덴스인가요? 아무튼 나는 행복한 광기와 임계점을 위한 노력으로 내 삶을 가꾸고 있다. 광기와 임계는 둘 다 양면성을 가진다. 우리는 이 두 글자에서 자신이 이로운 쪽을 택하면 된다.

왕(王)자를 좋아하는 인문을 확장해 글을 쓰는 느낌도 내게는 좋은 시간이다. 한자를 이렇게 분석하고 그 유례를 찾아가다 보면 나의 내면과 만날 수 있어 이것 또한 귀한 체험이다. 일 따로, 노동 따로인 시대는 지났다. 내가 미치도록 좋은 것이 내 직업이 되고 그 미친 듯한 무엇인가가 임계점을 넘어 나를 완성한다고 보면 된다. 오늘도 미칠 광자를 써놓고 명상에 잠겨본다. 미칠 급자를 써놓고 임계점을 생각한다. 하루가 너무 짧다.

2

무엇보다
사람이 재산이다

비행기 안에서
젊은 일본인 친구를 사귀다

우린 짧은 여행을 마치고 한국행 비행기에 올랐다. 몸이 피곤했다. 짧은 시간에 미술관을 4개를 돌았다. '만 보, 이만 보.' 걸음 수가 장난이 아니었다. 2박 3일의 일정이 숨을 몰아쉬게 할 정도로 급했다. 한국행 비행기 탑승 수속을 마치고 주섬주섬 가방을 챙겨 들고 기내에 앉았다. 편안했다. 좌석은 3칸 복도 쪽으로 딸과 내가 앉았다. 조금 후에 조금 통통한 젊은이가 양해를 구하며 창가 쪽으로 가서 앉았다.

우리는 달콤한 것을 주문했다. 과자와 음료. 내가 과자 봉지를 뜯었다. 과자는 개별포장이었다.

"옆 사람 하나 줄까?"

"그럼 얘기해요. 작게."

"프레젠또데스."

앵무새처럼 옆 젊은이에게 말을 걸었다. 그런데 '감사합니다' 하는 게 아닌가?

"한국인?"

"노."

"일본인?"

"예스."

그래서 우리는 아야카와 이야기를 나누게 되었다. 물론 나는 한국 과자 2개를 주었다. 아야카는 우리에게 일본에서 인기 있다는 과자를 주었다. 다시 '인기' 엄지 척(엄지를 들어 올려 최고라 표현해주는 것)을 하는 아야카가 너무 귀엽다. 홍대 근처에서 하는 내 첫 개인전 소책자를 주었다. 아야카는 꼭 오겠다고 했다. 서로 인사를 나누었고 한국으로 오는 비행기 안이 더 포근하게 느껴졌다. 서투른 일본어를 중얼대며. 한국으로 돌아왔다.

'에휴, 일본어 잘하면 좋겠다.'

다음 날, 우리는 나의 첫 그림 개인전 커팅식을 했다. 긴장이 풀어져 쉬고 있는데, "안녕하세요."하며 카페 계단을 내려오는 젊은이. 어제 비행기 안에서 갑자기 사귄 젊은이와 그의 언니다. "어머, 정말 왔네. 고마워요." 이렇게 해서 나는 아야카와 친구가 되었다.

다음 날, 두 사람을 우리 아파트에 초대했고 한국 음식을 대접했다. 불고기와 칼국수를 아주 맛나게 먹었다. 떡볶이는 우리집으로 배달해 먹게 했다. 언니는 하루코다. 한국의 가정집은 처음이라 해서 집을 구석구석 소개했다. 후식으로 다과를 대접했다. 고맙다고 하며 우리 엄펑이하고 산책 시간도 가졌다. 못하는 일본어지만 조금씩 해가며 우리는 소통을 한다. 아야카는 일본에 돌아가서도 톡으로 소식을 전한다.

"오늘은 한국 불고기를 먹었다. 오늘은 오사카로 여행을 갔다." 하는 일상이다. 소식이 반갑다.

나와는 30년 차이가 나는 일본 친구! 용감한 중년 부인은 이렇게 일본 대학생 아야카를 사귀었다. 용감한 것이 무식한 것, 다 좋다. 젊은이와 대화를 나누고 일본을 가까이서 배울 기회가 생겨서 너무 좋다. 내 버킷 리스트 중 하나가 일본에서 미술 대학 다니기이다. 아야카와 하루코가 있어 일본 미술 공부가 더 가까워진 것 같다.

8월에 2차 도쿄 미술관 투어를 간다. 아야카는 꼭 만나고 싶다고 한다. 아야카가 좋아하는 무엇을 사다 줄까? 고민도 되고 일본인 집을 둘러볼 수 있는 기회가 생기면 더 좋겠다. 중년 아줌마는 못 하는 게 없다. 용감한 중년 아줌마는 어린 친구도 슥슥 잘 사귄다.

아무튼 우리는 친구가 맞다.

일찍이 이황과 이이의 만남이 그랬다. 26살 차이가 나는 그들은 서로 성리학을 토론했다. 이기론과 이원론을 주로 토론했다. 이황은 이이가 어리다고 깔보지 않았고, 이이는 이황을 존중했다. 서로 무시하지 않았다. 친구란 서로의 마음을 알아주는 지인이다. 정보를 전해주고 공유하는 지인이다. 나는 친구를 잘 사귀지 못하는데. 어째, 이번 일본 친구는 오지게 잘 사귀었는지, 내가 나를 칭찬할 뿐이다.

진정한 양보는 미어캣이다

아침마다 나는 커뮤니티 센터에 간다. 오늘도 익숙한 얼굴에 할머니들이 삼삼오오 수영 레인을 돌고 있다. 3개의 레인이 모두 가득 찼다. 한 레인에 4명 이상이면 나처럼 느린 수영인은 갈 곳이 없다.

'에휴, 어쩜담?'

'어디로' 하며 수영복을 만지작거리며 레인 앞에 섰다. 순간 수영장 2레 인에 있던 할머니들이 1레인으로 빠르게 건너간다. 그리고 손짓으로 나를 부른다. "네, 네." 나는 대답을 했다. 그러는 사이 다섯이 모두 걷기를 시작 한다. 그 모습은 TV에서 보았던 동물의 왕국 미어캣이다. 수영모를 쓴 미 어캣들이 총총걸음으로 1레인을 옹기종기 걸어간다. '와우, 진정한 양보 다.' 아마도 네 분들은 일찍부터 수영을 했을 것이다. 감사하다. 아는 게 힘 일 수도 있다.

며칠 전 내가 세 분의 할머니들을 모시고 가서 브런치를 대접했다. 피자 와 샐러드, 커피를 맛나게 드셨다. 마침 나의 그림 전시회 중인 카페라서 좋은 구경했다고 칭찬을 하신다. 늘 배려해 주시는 분들이 고마워서 대접 한 것이다. 미어캣 양보는 진정 승자의 모습이다. "나는 할 만큼 했어. 새로 들어오는 사람들 해요."라는 무언의 양보, 수영장을 걷는 미어캣의 모습이 다정하다. 그리고 뒷모습까지도 흐뭇하다. 나는 수영을 하며 레인을 뺑뺑 돌았다. 양보한 분들의 미덕을 생각하며 더 열심히 수영을 했다.

얼마 전 일본에 갔을 때가 생각난다. 일본은 질서의 나라다. 그런데 외국 여행객들이 많아지면서 눈살을 찌푸리는 일이 종종 생긴다. 동물원에서 고래 쇼를 보려고 기다리고 있을 때다. 훈련사가 고래를 준비시키는 동안 우리 관람객들도 관람 준비를 한다. 그때 너무도 목이 마른 내가 간단한 음료를 사러 가게 쪽으로 갔다. 줄이 길었다. 모두들 차례를 기다리며 줄을 서고 있다. 나도 차례가 오기를 기다리며 서 있었다. 순간 어디선가 아이와 남자 어른이 불쑥 줄을 무시하고 먼저 주문을 한다. 가게 주인은 그들의 주문을 받는다.

"허걱, 뭐야?"
나만 소리를 낼 뿐. 줄에 있던 누구도 한마디 없다.
"아니, 저건 반칙이지?"
"뭐야~저 무대뽀는?"
'또 ○국인?'
눈살을 살짝 찌푸리는 사람은 있어도 누구 하나 말하는 사람은 없다. 나만 소리를 지를 뻔했다. 내가 먼저 줄 선 것, 안 보이냐고? 그러나 나는 한국인, 저들은 보아하니 ○국 사람이다. '아이고, 나라 망신이다. 나라 망신.' 세계 여행지 어딜 가든 ○국인들 때문에 시끄럽고 불쾌하다는 소리를 종종 들었던 터라. 남의 얘기거니 했지만 오늘은 아니다. 현장 고발감이다.

"저기 레인, 줄 있잖아요?", "줄 서요." 목소리가 작아 들리지도 않는다. 더 중요한 것은 저들은 내가 한 한국말을 못 알아듣는다는 것이다. 김 상이 내 팔을 잡는다.

"맘, 놔둬요. 쟤네는 자기가 뭘 잘못했는지조차 몰라요. 그냥 우리 페이스 유지해요."

나는 정의의 사도, 분한 마음이 불쑥불쑥 올라와서 가라앉히느라, 시간이 좀 걸렸다.

오늘 이 작은 수영장에서의 에티켓은 얼마나 아름다운가! 먼저 와서 수영을 한 할머니들은 기꺼이 미어캣이 되어 걷기를 해준다. 방금 온 수영인들을 위한 배려다. 역시 우리나라는 선비의 나라야! 자부심이 콸콸 쏟아진다. 할머니들은 종알종알 재잘거리며, 물속을 콩콩거리며 걸어간다. 70대를 넘어선 할머니들의 모습. 미어캣 모습에 웃음이 쿡쿡 나왔다.

'짱'이십니다. '굿?'

나는 2번 레인을 가르며 다시 한번 인사를 했다. 귀여우신 수영 할머니들, 이 할머니들은 실력도 물개처럼 날쌔다. 웬만한 젊은이들보다 수영 실력이 탁월하게 빠르다. 진정한 승자는 온리 찐 실력자들이다. 저 할머니들만큼은 못하더라도 나 또한 양보하는 귀여운 미어캣이 되고 싶은 오늘이다. 내 뒤에 오는 수영인을 위한 배려로 말이다.

03

다리 하나만 줘

우리는 새벽 5시에 출발했다. 우리는 나와 둘째 여동생이다. 내가 하고 있는 게스트 하우스에 가는 길이다. 강릉은 서울에서 3시간이 걸린다. 밀리는 시간을 피해 가려면 새벽과 늦은 밤이 좋다. 오늘은 게스트가 나가고 새로운 게스트가 입실하는 날이다. 달랑 3시간의 여유로 청소를 끝내야 한다. 계속되는 터널을 통과하고 통과해 주문진 바닷가에 닿았다. 9시 전이다. 게스트는 11시에 퇴실한다. 우선 바다로 나갔다. 바닷물이 하늘색이다. 날은 덥지만 바다가 우리의 눈을 시원케 한다. 이른 아침이라 해변은 한적했다. 우리는 일회용 텐트를 몰래 치고 잠시 여유를 즐겼다. 물론 커피도 마시고 책도 읽었다. 멋져 보이려는 콘셉트일 수도.

"입이 심심해.", "뭣 좀 먹으러 가자."

자리를 정돈하고 우리는 해안 도로를 따라 드라이브를 했다. 강릉의 바닷물과 알록달록 옷을 입은 피서객 구경도 강릉 볼거리 중 한몫이다. 옆 주문진 해변가에서 성게 미역국과 멍게 비빔밥을 시켜서 맛나게 먹었다. 다시 영진해변으로 돌아가야 하는 시간이다. "언니. 오징어 사 먹자!" 미국서 잠시 귀국한 둘째 동생이 말했다. 오늘은 미국에 사는 둘째 동생과 함께 영진해변에 온 날이니만큼 동생이 하자는 것은 다 해주고 싶다. 얼마 있으면 돌아가야 한다는 압박 때문인지 뭘 하든 함께하고 싶다.

"응, 그래 좋아.", "네가 사 줘." 밥은 내가 샀으니 간식은 동생이. 우리는 반반 문화를 즐긴다. 오징어는 우리 자매에게 어린 날을 소환시켜 주었다. 유난스럽게 오징어를 좋아한 둘째, 둘째의 오징어 감추기는 심도 있었다. 동생은 오징어를 사다가 몰래 책상 서랍 깊숙하게 숨겨놓는다. 그것도 아껴 먹느라고 반은 먹고 반은 남겨서. 꼬리꼬리한 오징어 냄새는 어떤 장벽도 뚫고 나온다.

그날도 꼬리꼬리한 오징어 냄새가 방 안에 가득했다. 동생만 모른다. 이 냄새를. 보물 숨긴 곳은 열려있다. 냄새로. '절대 찾지 못할 거야.', '오징어 숨긴 곳.' 동생은 그랬겠지만 나는 코를 킁킁거리며 꼬리꼬리한 냄새를 쫓아갔다. 서랍 속에서 찾아냈다. 벌써 오징어 몸뚱이는 반은 없고 둥그런 눈이 남겨진 반 마리 오징어가 숨을 죽이고 있었다.

"야~ 나 좀 주라." 내가 찾아낸 오징어지만 동생이 홱 낚아채 갔다. "다리 하나만.", "응, 다리 하나만." 내가 애원을 했지만 동생은 안 된다고 한다. "그럼 눈이라도 주면 안 돼?" 나는 아무 부위나 오징어를 씹고 싶다. 눈은 다리보다 살이 없다. 하지만 그거라도 빨아 먹고 싶었다. "알았어. 눈깔 먹어." 동생이 선심 쓰듯 준 눈깔은 왜 이리 맛있는지! 쪽쪽 빨다가 이빨로 껍질을 벗겨내어 뼈는 골라내고 살만 먹었다. 그 맛은 지금도 생각난다. 꼬리꼬리한 오징어의 그 맛을! 나중에 커서 알았지만, 사실 그 둥그란 그것은 눈깔이 아니고 생식기였다고 한다.

"아유, 참. 부끄러워."

우리는 오징어를 샀다. 주인장한테 구워서 한 마리씩 봉투에 담아 달라고 했다. 옛날이나 지금이나 우린 몫을 나누는 것을 좋아한다. 여러 형제들 가운데서 내 것을 지키기 위한 방편이다. 몸통을 북 찢었다. 꼬리꼬리한 오징어를 한입 빨았다. "아이고 이 맛이야. 맛나.", "야, 야, 이거 눈 아니고 생식기인 거 알지?", "그렇다면서?" 우리는 파란 바다를 버리고, 게스트도 버리고, 오징어에 홀릭(무언가 하나에 몹시 집중했다는 뜻)되어 다리 한 짝, 다리 두 짝 몸통까지 잘게 찢어서 맛나게 먹으며 게스트 하우스로 향했다.

문득 "동생아? 다리 하나만 줘?" 내가 말했다. 동생은 "안 돼. 안 돼.", "언니 거나 먹어." 우린 어린 날을 생각하며 쿡쿡 웃었다. "아니, 다리 하나만 줘라.", "내 오징어 다리는 한 개도 없어 나의 뱃속으로 다 가버렸네.", "안 돼, 언니." 동생이 앞만 바라본다. 그러더니 생식기를 떼어준다. "이거 먹어, 알았어." 나는 생식기도 맛나게 베어 먹었다. 어린 날의 추억은 나이가 들수록 마법 자루처럼 무궁무진하다. 실타래 꼭지를 찾아 쪽쪽 뽑으면 계속 딸려 나온다. 어린 날의 추억은 길고 길다.

동생이 미국에 살든 중국에 살든 우리들의 어린 날은 작은 산 아래, 언덕과 길, 들판에 있다. 요즘 한 집에 한 명 꼴로 가족이 외국에 산다. 지구촌의 영향으로 세계 곳곳에 한국인이 포진해 살고 있다. 자칫 형제자매가 우애단절 등으로 만나지 못할 수도 있다. 단지 인터넷 전화, 화상 통화가 발달해 인터넷 세상에서의 만남이 편하고 쉬울 수도 있다. 요즘 사람들은 소통이 더 잘 되는 세상에서 사는 것 같지만 소통 부재에 시달린다. 우리 자매들은 시간을 내서 만난다. 둘째는 미국에 살고 셋째는 한국, 중국, 미국을 오가며 산다. 오늘 같은 날은 함께 청소 여행으로 추억을 만들었다.

지난번에는 세 자매가 영화를 보며 추억을 만들었다. 추억은 우리 자매를 더욱 단단하고 친밀하게 묶어준다. 아무리 개인주의가 대세라 해도 어린 날의 추억거리는 삶의 윤활유가 되고 양념이 되어 우리를 살맛나게 한다. 우리를 집단 지성으로 이끌기도 한다. 우리 자매들은 책을 읽고 영화 본 것을 가지고 비평으로, 토론으로 문학의 장을 열 때도 있다. 혼밥혼술(혼자 밥 먹고 혼자 술 마시는)이 대세인 시대에 우리 자매들은 자주 만나려 노력한다. 여행비도 함께 모은다. 시간을 내서 외국 여행을 할 것이다. 우리에게는 어린 날의 추억이 잠재의식으로 남아 있어 풍성하다.

때로는 혼밥혼술도 필요하다. 그러나 때론 형제자매들을 의도적으로 만나 옛날 옛적 추억을 안주 삼아보는 것도 현재를 살맛나게 사는 일이라고 생각한다. 카르페디엠[1]!

---

1 carpe diem, '지금 이 순간에 충실하라.'라는 뜻의 라틴어.

04

세 자매가 나섰다.
예술 영화를 보러

오랜만에 세 자매가 모였다. 미국과 중국, 또 미국을 거쳐 한국에 모였다. 1년 회원권을 준비해 보던 예술 영화를 보러 세 자매가 팔을 걷었다. 하루 2편 예술 영화 보기에 도전했다. 오전 9시 30분, 11시 30분에 연이어 영화를 볼 것이다. 우리가 도착한 영화관은 이대 후문에 있는 필름 포럼이다. 이 영화관은 독립 영화관으로 사람이 그리 붐비지 않는다. 그래서 내가 좋아한다. 또 아무 때나 가서 영화를 봐도 모두 재미있다는 것. 특히 나는 일본 영화를 좋아한다. 일본 영화 마니아다. 오늘 세 자매는 일찍부터 서두른 덕분에 깔깔거리며 오전 8시에 영화관 카페에 도착했다. 카페는 단정했지만 실내 장식이 화려했다. 내 맘에 딱 드는 테이블이 있다. 커피도 맛있다. 우리 세 자매는 정기권을 티켓으로 교환하고 커피와 차를 한 잔씩 마셨다. 여기까지는 딱 좋았다. 깔깔 마녀가 되어서 빗자루라도 타고 싶은 마음을 뒤로하고 1관 중간쯤에 따로따로 앉아 영화 상영을 기다렸다. 영화는 예고 없이 바로 시작되었다.

〈울지마 엄마〉라는 영화다. 한국 영화라서 사실은 별 기대 없이 시간에 맞추어 선택한 영화다. 이런 말은 좀 미안하긴 하다.(너무 슬프지만 내 인생의 방향을 준 영화라서 미안한 것이다.) 그냥저냥 생각하며 봤다. 시간이 맞아서다. 암환자들의 이야기가 따분하게 흘렀다. 시험관에 있는 아기의 화면을 보던 둘째 동생이 엉덩이를 들썩였다. 인큐베이터에 대한 힘들었던 기억이 났나 보다. 나와 동생은 인큐베이터에 대한 안 좋은 일이 있다. 나는 알겠더라. 나도 엉덩이가 들썩였다. 영화관을 나가고 싶었다. 꾹 참고 있었다.

영화가 점점 진행될수록 우리 세 자매는 인물에 올인(몰입)했다. 어린아이들에 고정되었다. 암환자들의 다큐멘터리는 너무도 슬픈 이야기였다. 사실 1관에서 영화를 보는 사람은 4명, 남자 하나, 셋은 우리 자매다. 급기야 내가 훌쩍였다. 둘째가 울고 셋째가 울었다. 울음을 참느라 허리가 아팠다. "아유, 슬퍼.", "아아아." 도저히 참을 수가 없어서 입을 손으로 틀어막았다. 소리가 새어 나왔다. 앞줄에 있던 남자도 훌쩍인다. 암환자들은 처절하다. 어린 아들을 둔 음악 교사. 어린 두 딸을 둔 초등 교사(손톱이 다 빠져서 수업을 할 때 고무 핑거를 꼈다.) 그 외에도 의사인 암환자에게 어린 아들이 있었다. 또 결혼 안 한 고모의 암 발병 소식들! '아고고.' 슬퍼서 정말 눈 뜨고 볼 수 없는 장면들이 여러 컷이다. 임종까지 보여 주는 그들의 죽음은 엄숙하다. 임종을 1초 앞두고도 눈을 뜨고 싶어 하는 환자 엄마들. 이승에 남을 가족, 특히 어린아이들을 안쓰러워하며 눈물을 흘린다. 마지막 숨이 넘어가는 모습도 스크린에 담았다.

간신히 영화 보기를 끝내고 화장실로 달려갔다. 옆 변기에 앉은 셋째에게 내가 흑흑거리며 화를 냈다.

"너가 일찍 보자고 해서.", "괜히 얼떨결에 봐 가지고."

"너무 슬퍼서. 아아." 우리는 한참 훌쩍이다가 "너 때문에."라는 말에 빵 터졌다. 세 자매는 퉁퉁 부은 눈을 달고 그 건물에 딸린 파스타 집으로 갔다. 오늘은 셋째가 한턱 쏜단다. 피자와 파스타와 샐러드를 푸짐하게 시켜서 맛나게 먹었다. 울며 먹었다. 그래도 음식은 정말 맛났다. "언니, 사는 게 뭐 있어.", "맛있는 거 많이 먹고 건강 챙기며 살자.", "응. 그러자구."

우리는 마치 싸움터에 나간 동지처럼 끈끈해졌다. "가족들에게도 부드럽게 말하고 이해하고 살자.", "그럼, 당연하지." 둘째 동생은 "언니, 내가 더 사 줄게, 많이 먹어." 하며 카드를 내밀었다.

슬퍼서 음식을 어떻게 먹었는지 모르겠다. 아직도 지워지지 않는 어린 아들의 입학식 모습! 암환자인 엄마가 그토록 보고 싶어 하던 아들의 첫 입학식을 카메라가 담았다. 아들은 입학식에 참석해 있다. 하품을 하며 카메라를 본다. '엄마가 하늘에서 보고 있겠지?' 영화를 생각하니 또 눈물이 흐른다. 건강은 정말 지켜야 한다. 내일부터 모닝 수영을 조금 더 늘리고 먹는 것도 조심해야지. 집에 두고 온 가족 생각이 조금 났다.

"재미나게 살자 언니들." 셋째가 말했다. "그래. 그래." 우리는 차를 타고 집으로 향했다. 둘째는 바로 스마트폰을 꺼내 미국 가족들과 화상 통화를 한다. 가족들의 안부를 묻고 있다. 셋째는 중국에서 돌아오는 남편에게 카톡을 보낸다. 위챗(중국에서 쓰는 카카오톡 같은 메신저)을 날린다. 나는 아무것도 안 했다. 그냥 멍한 얼굴을 하고 운전을 했다. 너무 슬퍼서.

세상에 이보다 슬픈 영화는 없다. 2023년 최고의 슬픈 영화다. 건강을 지켜야 하는 나이가 된 우리들은 서로 건강을 챙겨 주겠다고 약속을 했다.

아니, 환경 파괴와 먹거리의 유전자 조작, 여타 문제로 우리의 몸은 점점 병균에 노출되어 있다. 코로나. 감기, 피부병 또 암, 이름 모를 병들이 속출한다. 우리가 지켜야 하는 것은 내 마음뿐만이 아니다. 환경을 지켜야 한다. 먹거리를 지켜야 한다. 내 건강은 내가 지켜야 한다. 정기검진 철저하게. 모두를 위해! 나와 가족을 위해.

오늘, 세 자매의 예술 영화는 이렇게 우리들에게 정화 의식을 시켰다. 그리스 비극보다 더 진한 아픔을 전해주었다.

05

개헤엄 치다가 친구를 사귀다

나는 친구가 그렇게 필요한 사람이 아니다. 단정 지을 수는 없지만 필요성을 많이 느끼지 않는다. 그런데 힐스테이트로 이사를 오고 나서 생각이 조금 바뀌었다. 우리집은 4층 같은 3층이라 1층 벤치에서 담소를 나누는 소리가 우리집 거실과 내 2층 벙커로 솔바람을 타고 올라온다. 3층 높이의 소나무가 있어서 솔바람이 살랑살랑 장난 아니다. 아파트와 아파트 사이에 난 길옆에는 연못이 있다. 연못에서는 낮에는 분수가 소리를 지르며 더위를 물리쳐 준다. 밤이면 개구리가 울어댄다. 가끔 맹꽁이도 친구삼아 울어 댄다. 사람들은 시끄럽다고 할 수도 있는 소음? 나는 좋다. 아이들 노는 소리, 아줌마들 이야기 소리, 강아지 짖는 소리도 내 귀에는 정겹게 들린다. 또 이른 새벽에 눈을 뜬다. 그건 소나무와 벚나무에 찾아온 새소리 덕분이다. 뭐가 좋은지 '까악', '푸드덕 까 까 까' 새벽부터 운다. 서로의 짝을 찾는 건지, 일어나라고 하는 건지, 내 귀에 들리는 새소리는 나의 새벽을 깨운다.

그렇다. 나는 친구의 필요가 없다고 생각하는 1인인 줄 알았다. 알고 보니 나는 친구가 무한정 필요한 사람이었다. 거실에서 독서를 할 때 들리는 이야기 소리에 살짝 아래를 내려다보니, 두 중년 부인이 담소를 나눈다. 부러웠다. 그 손에는 집에서 가져온 듯한 커피잔이 들려 있다. '나는 언제 저기서 커피 한 잔 마실 수 있을까?' 기대감이 생겼다. 힐스테이트에 아무도 아는 사람이 없었다. 자연이 내 친구였다. 말할 상대가 필요했다.

저 벤치에서 커피잔을 나눌 사람. 그러다 커뮤니티 센터를 방문하게 되었고 모닝 수영을 하게 되었다. 일어나자마자 새소리에 깬다. 새벽 6시 수영복을 챙겨 들고 2분 거리의 수영장으로 가는 발걸음도 상쾌하다. 수영을 하면서 드디어 친구를 사귀게 되었다. 이곳은 아파트 수영장이라서 삼삼오오 아는 사람끼리 더 친하게 수영을 한다. 나도 수영장에서 내 편이 있어야겠다. 용감하게 말을 걸었다.

"몇 동 사세요?"

"127동이요."

아. 만나서 반갑습니다. 내가 어떻게 먼저 말을 걸었는지 알 수 없다. 그 후로 우린 수영장 친구가 되었다. 함께 같은 레인을 쓰고 또 그 친구가 사는 1층 실외는 숲이 우거져서 탁자와 의자만 놓으면 카페로 변신하는 곳이다. 우린 가끔 이곳에서 커피도 마시고 담소를 나눈다. 길게 나눌 시간은 없다. 둘 다 직장인이라 틈새 시간을 내서 만난다. 수영하며 잠시 수다 떨기. 수영 끝나고 30분 커피 타임. 오후 11시에 엄펑이 공원 산책 함께 가기. 그 친구는 시안이라는 고양이를 키운다. 나는 골든 리트리버 엄펑이를 키운다. 둘은 공통사가 있다. 그래서 서로 잘 통한다.

'내 친구는 책뿐이요.'하던 나는 친구의 필요성을 중년이 되어 알게 되었다. 우리는 너무 평화롭게 지낸다. 언제는 내가 운영하는 강릉 게스트하우스 '루나 하우스'에 가서 하룻밤을 지내며 새벽 바다, 밤바다도 거닐었다. 물론 강릉으로 간 목적은 청소였다. 그러나 우리는 틈새 시간 활용 천재들이라, 우리는 경기도에서 강릉, 끝에서 끝으로 떠나면서도 틈새 시간을 행복하게 보냈다. 중년에 사귄 친구의 존재가 나를 더 풍성하게 해준다. 아참, 내가 바라던 1층 벤치에서 커피잔을 들고 그 친구랑 담소를 나눴다. 새 한 마리가 나뭇가지에 앉아 좋알거린다. 매미 한 마리가 우리보다 더 시끄럽게 운다. 우리를 축복하는 건지, 아니면 선생님내서 방해하는 건지, 아무튼 즐겁다.

'띠릉' 카톡 소리다.

'모닝 커피?', '네, 가능.', '우리 1층 카페로 오세요.'

오늘은 토요일, 나는 10시 수업 시작이다. 이른 틈새 시간을 이용해서 친구가 아침 브런치를 마련했다. 커피와 함께 우리의 수다가 위층으로 오른다. 나처럼 친구가 필요 없다 생각하는 사람이 우리의 모습을 본다면? 아마도 부러워서 '나도 친구를 사귀어 볼까?' 예전 나처럼 그럴 것 같다.

우리는 꽃과 식물과 새소리를 들으며 모닝커피를 마셨다. 내가 가져간 책은 두 파트를 읽었다. 친구는 허연 시인의 시집을 들고 나왔다. 내가 친구에게 「해변」이란 시를 낭독해 달라고 했다. 친구가 나긋나긋하게 시를 읽어 주었다. 시평은 내가 전문이라 평을 해주니 "아하, 이런 거구나." 친구는 고맙다고 했다. 나도 고마워서 웃었다.

내 출근 시간이 다가와서 우린 헤어져 각자의 집으로 갔다.

친구 고마워! 매미 소리가 거세게 운다. 새가 날아간다. 오늘도 맑음이다.

06

호모 사피엔스님들!
반려견에게 사랑을!

요즘 반려동물을 키우는 집이 다섯 가구당 두 가구라고 한다. 이것을 사회학자들은 말하길, 인간이 인간을 버리고 자신에게 집중하려는 의도로 반려동물을 키우거나, 또는 책임감을 회피하기 위해, 또 외로움을 동물로 대치하려는 것이라고 말하기도 한다. 내가 키우는 반려견은 올 11월이면 3살이다. 생후 1개월 때 우리 집으로 입양되어 왔다.

적막했던 어른 세상에 애기가 하나 생겼다. 집은 활기가 찼다. 분주했다. 엄펑이는 먹고 자고 먹고 자다가 6개월 만에 성견이 되었다. 깜짝 놀랐다. 갑자기 커졌다. 이불에서도 재우고 소파에서도 자던 엄펑이는 몸집이 커질수록 거실 밖으로 밀려 나갔다. 현관에 자기 하우스를 갖게 됐다.

"어휴, 쟤를 어찌 키워."

"도로 가져다주든지."

털갈이를 할 때는 방과 거실이 온통 털 천지였다. 털은 청소기로 밀어도 밀어도 계속해서 거실을 돌아다녔다. 그러나 우리는 엄펑이를 전실과 현관에서만 키우는 걸로 결정했다. 파양의 마음은 1도 가지지 않기로 했다. 사

료와 간식, 예방 접종에도 돈이 많이 들었지만, 특히 중성화 수술은 엄청난 비용을 지불하고 진행했다. 엄펑이가 수술한 후에 힘들어했다. 너무도 안쓰러웠다. 병원에 두고 온 날 밤은 잠이 오지 않았다. 넥카라를 쓰고 애쓸 엄펑이 생각에 마음이 아팠다. 인간의 욕심으로 동물이 고통을 당하나? 이런저런 생각들은 밤을 떠돌았다.

"이게 정일까?" 우린 엄펑이가 건강하게 잘 버텨주기를 기도했다. 다행히 엄펑이는 산소마스크까지 쓰면서(의식을 잠시 잃었다고 한다.) 중성화 수술을 잘 마무리했다. 수술한 부분이 거의 나아가자 엄펑이는 그동안 했던 실내 배변의 습관을 버리고 실외 배변을 하게 됐다. 스스로! '똑똑한 놈이다.' 그래서 아침과 저녁 두 번은 실외에서 배변을 한다. 대변은 꼭 냅킨을 깔고 누인다. 버리기도 편하고 좋은지 익숙하게 잘한다.

우리는 엄펑이를 키우면서 온갖 재롱을 다 보고 즐긴다. 우리에게 웃음과 안정감을 준다. 거실 인터폰에서 "차량이 도착했습니다." 소리가 들리면 낑낑거린다. 빨리 나가자고 우리를 조른다. 목줄을 하고 주차장으로 나가 가족 중 한 명을 맞이한다. 집에서 하루 종일 주인만 기다린 보상이다. 나와서 연발 꼬리를 흔들고 세상 누구보다 반갑게 대한다. 똑똑한 놈이다.

또 밤이 되어 자라고 하면 바로 자기 집으로 간다. 낮에 집에 혼자 있어야 하는 시간이 조금 길다. 내가 아침 논술 학원에 좀 늦게 출근하는 이유가 우리 엄펑이 배변 때문이다. 혼자 있는 것이 안타까워 반려견 유치원을 보냈다. 처음 보내는 날은 꼭 첫아이 유치원 보내는 것처럼 떨리고 설레었다. 차를 타고 갈 때는 좋아하다가 막상 유치원에 가면 들어가기 싫다고 나한테 뛰어오른다. 한참을 붙잡고 친구들하고 놀고 있으면 아빠가 데리러 온다고 안심을 시켜 교실도 들여보낸다. 첫날은 계속 서서 앉지도 않고 먹이도 안 먹고 쉬도, 똥도 안 쌌다고 한다. '안' 자와 친해진 하루가 엄펑이는 괴로웠을 것이다. 저녁에 차에 태워 아파트로 오자, 바로 뛰어나가 쉬를 냅다 많이 쌌다. 똥도 한 보따리를 쌌다. 반려견 유치원 비용은 생각보다 비싸다. 우린 매일 보내지는 못 하고 일주일에 1~2번을 보냈다.

엄펑이는 이제 다 자란 성견 청년이 되었다. 요즘은 너무 더워서 에어컨을 틀어 준다. '골든 리트리버는 털북숭이인 거 아시죠? 여름이 힘들어요.' 엄펑이는 주인만 바라보고 산다. 특히 엄마인 나를 좋아한다. 가끔 논술 학원에 데리고 나간다. 학생들을 보고 좋아한다. 또 내 책상 주변에서 쉬기도 한다. 든든한 우리 막내 엄펑이는 오히려 우리 가족의 마음을 보듬어 준다. 요즘은 누나 방이 시원한지 그 방에서 들어가서 잔다. 엄펑이를 향한 바리케이트인 전실 현관의 벽이 언제든 무너진다. 시원한 바닥에 두 발 쭉 뻗고 잘 주무신다. 아침이 되면 일어나 주인을 반긴다.

우리 엄펑이를 데리고 산책을 하면 사람들은 말한다.
"아유, 잘 생겼다.", "큰 개가 있으니, 유럽 같아.", "멋지다." 소리를 듣게 된다.

나는 2년 전부터 입만 열면 개 자랑을 심하게 한다. 엄펑이 자랑! 서로 정이 많이 들어서 우린 떨어져 살 수 없다. 공원 산책도 잘하고 가끔 아이들이 없으면 어린이 미끄럼틀도 탄다. 또 축구공, 농구공을 좋아해서 잘 가지고 논다.

그런데 엄펑이가 성견이 되자 말이 돈다. '무섭다.', '입마개를 해라.', '아이들 운동장에 들어가지 마라.', '엘리베이터에서 개가 확 나오면 겁난다.' 불편해하는 사람들이 있다. 주민들 마음도 다 안다. 순한 개지만 덩치가 큰 큰 엄펑이를 보고 겁을 먹을 수도 있다. 그런데 나한테 온 이 생명을 어찌할 수가 없다. 다른 집에 보낼 수도, 시골로 보낼 수도 없다. 우리 엄펑이는 우리와 헤어지면 바로 죽을 것 같아서다. 엄펑이를 위한 의견이 있다. 반려견이 많아지는 시대에 맞추어 동물도 뛰어놀 수 있는 시설이 필요하다고 생각한다.

'여기도 가지 마라.', '저기도 가지 마라.', '그럼 반려견들은 어쩌란 말인가?'

엄펑이를 위해 늦은 밤이나 또는 이른 새벽에 잠시 운동장에 들어가 공 몇 번 던져 주는 것이 다다. 그것도 눈치 보면서 인간으로서 내가 엄펑이에게 미안해질 때가 많다. 인간만 사는 세상이 아니다. 동물과 식물, 인간이 함께 더불어 사는 게 세상이다. 또 더 건강한 거 아닌가? 반려견을 키우고 '우울증'을 앓던 어린아이가 우울증을 치유했고 홀로된 노인과 함께 살아가는 충성스러운 반려견 이야기도 전해진다. 우리 엄펑이도 우리 가족에게 우울보다는 웃음을 더 많이 선물한다.

'주민님들.'

더 조심해서 엄펑이 키울게요. 조금 부족하게 행동하더라도 잘 부탁드려요. 반려견 인구가 많아지는 요즘, 반려견을 위한 곳, 마음 편하게 놀 수 있는 곳이 마련되면 좋겠습니다.

3

모든 것은
책에서 시작되었다

01

섹시한 할머니로 늙고 싶다

섹시란 무엇인가? 24, 24, 24, 날씬한 몸매와 계란형의 얼굴, 그리고 적당히 큰 키를 말할 수도 있다. 그러나 나는 앞의 조건에 맞는 사항이 하나도 없다. 그러므로 나는 섹시한 사람이 아니다. 키는 작다. 작다기보다는 짧다가 더 어울린다. 태어나길 작게 태어났고 점점 나이가 들수록 키는 더 작아지고 얼굴과 모습이 남성을 닮아간다. 지금은 중성쯤이랄까? 피부도 쭈글거린다. 그럼에도 불구하고 나는 섹시한 할머니가 되고 싶으니 고민은 된다.

우선 겉은 노쇠할지라도 이것만큼은 양보할 수 없다. 바로 뇌가 섹시한 것이다. 나는 뇌가 섹시한 사람이라고 생각한다. 독서에 최적화되어 있으니까. 흐흠, 앞으로도 나의 뇌 섹시는 계속 진행될 것이다. 손에서 책을 놓지 않으면 된다. 우아하게 늙고 싶으신 분들? 이것을 기억하시라. 책을 읽는 것이다. 소설도 좋고 에세이도 좋고 그림책도 좋다. 일단 책을 읽으면 뇌는 섹시해진다. '뇌 섹시가 뭐야?' 생각이 젊다는 것이다. 꼰대 소리 듣고 싶지 않은 분들 기억하시면 된다.

뇌섹시는 책을 읽는 것이다.

자식들에게 요즘 베스트셀러나 서점에 있는 책을 사다 달라고 하셔도 된다. 그러면 자식들은 "우리 엄마 대단해? 책 읽는 멋진 사람이네, 우리 할머니 최고의 독서인, 굿." 하며 책을 사다 줄 것이다. 당신은 그냥 읽으면 된다. 자식들이 사다 주지 않는다면 내가 가서 사서 보면 된다.

철학책에서는 인간이 살아가는 질서를 배우게 된다. 나이가 들었다고 해서 내 맘대로 사는 것은 답이 아니다. 세상은 질서대로 움직인다. 일찍이 조선의 성리학자 이황이 말했듯이 세상은 '리'로 설명된다. 법칙이 있는 것이다. 책을 읽으면 읽을수록 뇌세포는 질서를 찾아가고 더욱 반짝거릴 것이다. 우리는 철학도 알아야 한다. 니체 선생의 낙타, 사자, 어린아이로 이어지는 위버멘쉬(초인 사상) 정도는 말할 수 있는 뇌 섹시 할머니가 되어야 하지 않을까 싶다.

그림 그리기도 쉬지 않을 것이다. 나이 든 여자는 단조로운 색깔만 고집해야 하는 건 아니다. 조화롭고 더 깊게 우러나오는 미적인 감각을 가져야 한다. 왜냐하면 우리는 책을 읽는 사람이니까. 그리고 끊임없이 색에 대하여 관심을 가져야 한다. 가구를 배치할 때도, 주방 기구를 살 때도, 더군다나 옷을 고를 때는 더 신중하게 임해야 한다. 내 몸의 온갖 미적 감각을 끄집어내서 사야 한다. 나이 들었다고 맞지도 않는 무늬에 옷을 입고 현란스럽게 다니기보다는 단정하고 소박한 옷차림으로 섹시한 할머니의 모습으로 살아야 한다.

내가 가장 못 하는 것은 절식하는 것이다. 나는 아직도 밥맛이 너무 좋다. 아침, 점심은 그런대로 지켜서 먹는다. 그러나 저녁이 문제다. 이젠 소화 기능이 떨어지는데도 늦은 10시면 꼭 뭐가 당긴다. 매번 다짐을 하지만 나의 욕구를 막을 수 없다는 것이 고민 중 고민이다. 다짐은 물거품이 되고 나는 다시 한 그릇의 밥을 먹는다. 숟가락을 놓는 순간에 후회를 하지만 실패다. 다이어트 실패. 울고 싶어라.

　나의 뇌 섹시는 글을 쓰면서도 갈고 닦는다. 내 생각을 글로 쓰는 것은 모두가 다 할 수 있는 것은 아니다. 내 생각과 문화와 사회를 버무려 글을 써내는 일은 어떤 것보다 뇌를 섹시하게 만들어 준다. 하루 한 편의 글은 꼭 쓰도록 해야 한다. 요즘 많이들 하는 블로그가 그 답이 될 수도 있다. 나의 기록이 되고 내 브랜딩이 된다. 하루에 한 번 블로그 쓰기는 강추하는 아이템이다. 글쓰기 실력도 키우고 뇌섹시도 이루어진다. 내 브랜딩까지 되는 일석삼조의 블로그 쓰기를 추천한다.
　뇌 섹시의 다른 한 가지는 시집 읽기다. 시는 산문과 다르다. 시어는 어디에도 없는 시 세상에서만 가능한 언어다. 그래서 고정되어 있지 않다. 유동적이다. 시어를 많이 접하면 내 사고가 유연해지는 것은 당연한 것이다. 시집을 낭송해 보고 필사해 가며 뇌 섹시를 간직해야 한다. 지금까지 뇌 섹시 할머니로 사는 나만의 법을 말씀드렸다.

　'에이, 피곤해.', '난 허리가 아파서 못 해.', '난 어깨가 아파서.', '나는 눈이 침침해서 못 읽어.'라고 말하는 사람은 이것과 똑같다. 공동묘지에 가보라! 핑계 없는 무덤은 없다. 핑계 대지 말고 우리 책 좀 읽자고요. 뇌 섹시를 향하여.

02

나는 벽돌 책을 깨주는 선생님이다

이번 여름방학 논술 독서는 『코스모스』다. "네에?" 학생들의 입이 떡 벌어진다. 내가 손에 들고 있는 책의 두께 때문이다. "아니, 그렇게 두꺼운 책을 어찌 읽어요?" 학생들의 얼굴이 뿌루퉁하다. 그러거나 말거나 나는 20년 넘게 논술 선생님을 한 골드 선생의 고집으로 꼬떡도 하지 않는다. "선생님이 봤는데, 청소년 시기에 벽돌 책(600쪽 이상의 책을 벽돌 책이라고 부른다.)을 읽으면 청년 시기가 되어서 뭐든 할 수 있다고 노벨상을 받은 학자가 말했어."라고 말해주었다. 뿌루퉁한 학생들의 얼굴 근육이 조금 풀렸다. '에구구' 나는 속으로 안심을 하고 얼굴은 긴장한 채로 말했다. "할 수 있지?", "너? 너? 너?" 모두 예스다. 이렇게 해서 우리 논술 중고등, 대학생까지 코스모스를 읽게 되었다. 너무도 사랑스럽고 예쁜 아이들.

'오고고, 이쁜 내 새끼들.' 속으로 생각했지만 겉으론 근엄한 표정으로 오늘 집 가서 『코스모스』를 준비하라고 시켰다. 우리 논술 여름방학 책은 『코스모스』로 정해졌고 아이들은 끙끙대며 벽돌 책을 읽는다. 논술에서 3챕터를 읽고 집에서 2챕터를 읽게 한다. 삼 주가 되자, 벌써 다 읽고 끝부분만 남겨놓은 부지런쟁이들도 있고 엄살쟁이들은 앞부분을 끙끙거리며 읽고 있다. 다 좋다. 이런 경험과 시도가 쌓여서 진정한 독서인이 되는 것이다.

매번 얇은 책 읽고 거뜬한 책만 읽는다면? 독서 실력은 언제 상승한단 말인가?

그래서 나 김윤주 선생님은 학생들에게 얇은 책을 읽히다가 훌쩍 두꺼운 책으로 바꿔 읽히는 변신 수업을 한다. 시도하는 것이다. 책 읽기 레벨업을 시켜보는 장치다. 요즘 중고등학생들은 학교 수업이 바빠서 책 읽을 시간을 따로 뺀다는 것은 정말 어렵다. 청소년들에게 책을 읽히는 것은 부모들의 식견이 있어야 가능한 것이다. 앞날을 내다보는 현인의 눈, 신의 눈이 없다면 논술 학원을 다닐 수 없다. 그러나 언어가 안 되면 뭐든 안 된다는 것을 알아야 한다. 수학 문제도 이해력이 없으면 풀 수 없다. 영어도 지문 읽기가 안 되면 해석이 더 어렵다. 주변에 있는 영어, 수학 선생님들이 자신의 학생들을 우리 논술로 보내주는 이유다. 책 좀 읽혀 달라고 엄마들께 요청했다는 이야기와 함께. 나는 '누이 좋고 매부 좋아.'하며 그 학생들을 신나게 가르친다. 아이들의 독서 실력이 좋아지면 영어와 수학 실력도 함께 성장한다.

책은 세상을 보는 내 눈이 되어주며 내 자산도 되어준다. 수학 문제 풀기, 선행 학습도 중요하다. 영어 단어 외우기도 중요하다. 그러나 내 시야가 좁고 문해력이 부족하면 모든 게 부족해진다. 책을 읽혀야 한다. 또 벽돌 책 몇 권을 읽는다면 다른 책들은 술술 넘어가는 법이다.

『코스모스』, 칼 세이건.

『사피엔스』, 유발 하라리.

『노르웨이의 숲』, 무라카미 하루키.

『평행 우주』, 미치오 카쿠.

『총 균 쇠』, 제레드 다이아몬드.

뭐, 이런 벽돌 책 부수기를 시도한다. 학생들은 어렵다 하면서 끝내는 읽어낸다. 감사하다. 어린 학생들에게도 배울 것은 많다. 순종하는 마음은 발전, 변혁을 이끌기도 한다. 오히려 어른들이 편견으로 "나는 얇은 책도 못읽어.", "어떻게 저런 두꺼운 책을 읽는단 말여?" 화부터 낸다. 시도도 안해 보고.

그러나 할 수 있다. 우리 인류는 개척, 변혁이라는 DNA가 있어서 더 나아가려고 한다. 오스트랄로피테쿠스가 아프리카에서 전 지구촌을 향해 무작정 걸어갔던 DNA가 우리 몸에 살아 숨 쉬고 있음을 인지한다면 뭐든 할수 있다. 어린이든, 청소년이든, 청년이든, 중노년이든, 목숨이 붙어 있는한 우리는 개척된다. 여름방학 벽돌 책 부수기 독서, 코스모스는 이렇게 논술 학생들의 고사리손과 초롱 눈동자에 머물며 오스트랄로피테쿠스의 개척 정신을 실천한다. "얘들아, 멋지다." 『코스모스』를 다 읽어도 모르는 부분도 있을 것이다. 그러나 중간중간 내가 피드백을 해주면 "좋아라." 하며 잘 읽어나가는 예쁜이들이다.

문장으로 읽고 주어 동사로 읽고 목적어로 읽고 문단으로, 퀀덤 독서(이해를 중심으로 하는 독서법)로 읽기 연습을 시키면서 코스모스를 정복해 나간다. 맨 처음 학생들은 말한다. "선생님~ 코스모스가 내가 알고 있는 꽃 맞아요?" 하던 학생들이 '코스모스'의 뜻인 질서를 배워나간다. 책 읽기의 독서를, 그리고 반대편에 있는 카오스도 알아나간다. 벽돌 책 부수기는 계속될 것이다. 무더위를 이기는 몰입의 독서가 될 것이다.

다윈의 진화설이
독서에 미치는 영향

다윈의 『종의 기원』을 읽다 보면 환경에 대하여 생각하게 된다. 그 환경에서 살아남기 위해 자신의 모습을 바꾸는 센스, 아니 아픔일 것이다. 기존의 습관, 자신을 바꾼다는 것은 쉬운 일이 아니다. 꼬리를 잘라야 하고, 주둥이를 구부려야 하고, 굽혔던 허리를 펴는 것은 멋이라기보다는 생존이기에 피가 흐를 만큼 고통스러울 것이다.

나는 30년 지기 책 선생이다. 어떻게 하면 학생들에게 책을 잘 읽힐 수 있을까? 어떻게 하면 자신의 생각을 넣어 글을 잘 쓰게 할까? 늘 이런 고민을 하면서 선생 일을 한다. 그래서 책에 관계된 책도 정말 많이 읽었다. 내가 궁금해서 읽었다. 책 읽는 사람이 세계를 정복할까? 책을 많이 읽히려면? 책을 골고루 읽히려면? 잘 쓰게 하려면? 이런 고민 속에서 책 환경의 중요성을 생각해냈다. 눈에 보이는 것, 많이 노출시키는 것이 정답이다. 그아이의 삶을 좌지우지하는 것은 환경이다.

부모가 어떤 책을 사다 주었는지, 어떤 환경 속에 있었는지에 따라서 그

아이의 관심사가 달라진다는 것을 발견했다. 평소 부모들 중 누군가 책을 사고 읽는 환경에 있던 아이들은 책을 잘 읽는다. 거실에 TV보다 책장이 있는 아이가 공부를 잘한다는 식상한 이야기가 정답이라는 결론을 내린 적도 있다. 결국 또 환경이다. 내가 어떤 환경에 처해 있느냐에 따라 내 삶이 바뀐다는 것을 일찍 알았다.

그래서 우리집은 거실이 늘 도서관이다. 거실을 빙 둘러 책장을 놓았고 현재 읽은 책이나 읽고 있는 책들이 1,000권 이상씩 돌아다닌다. 거실 중앙에는 8인용 다이닝 테이블을 놓아 언제든 책을 읽고 글을 쓰고 컴퓨터를 할 수 있는 환경을 만들었다. 물론 프린트도 겸비해서 내가 한 작업을 복사해 볼 수 있게 했다. 우리집 거실은 좀 정리되지 않아 지저분하다.

깔끔하게 정리된 날, 거실이 카페 같다가도 또 이 책 저 책 뒤적이며 독서에 몰입한 날들은 헌책방이나 도서관처럼 즐비하게 늘어놓은 책과 종이들로 인해 거실이 분주하다. 그래서인지 우리집 사람들은 책을 좀 읽는 편이다. 남편도 책을 안 읽는다 해도 다른 집 남자들보다 많이 읽는다. 다만 스스로 읽는 것이 조금 부족하다. 아직도 아내가 읽으라 하는 책을 더 좋아하며 읽는다. 남자는 평생 아들 역할만 하나 보다. 아버지는 언제 되는 건지? 아마 엄마에게 야단맞은 어린아이처럼 억지로 읽을 수도 있다. 난 소크라테스 아내처럼 악처는 아니다. 자유를 주는 편이다. 내가 자유 부인이라서 상대방에게도 자유는 필수다. 아이들도 책에 노출되어서인지 독서를 잘하는 편이다. 대학교, 대학원 교재와 부교재 값을 내가 다 사주고 조달했다. 책 환경을 만들어주기 위한 나만의 방법이었다. 한 학기 책값이 200만 원쯤 나왔다. 사실 책값 대기 꽤나 힘들었다. 도서관에서 빌리는 것도 있지만 시간 사용에 있어 준비해 놓고 레포트나 논문을 쓰는 것이 훨씬 이득이라, 다른 것을 아끼고 책에 투자했다.

진화는 다윈의 갈라파고스 섬에서만 이루어지는 게 아니다. 우리집 거실에서도 진화된다. 아이들에게 책을 읽히고 싶다면 우선 부모가 먼저 책을 읽으면 된다. 이론과 실천이 간단하다. 그것이 환경이고 진화다. 책 환경은 백 번을 이야기해도 부족하다. 무조건 서점에(도서관도) 자주 가고, 책을 구입하고, 거실에 쟁여두는 환경만 갖추어도 가족들은 책을 읽는 DNA를 이어갈 것이다.

우리 논술 학원도 책 환경을 중요시해서 5,000권이 넘는 책을 보유하고 있다. 학생들이 논술 학원에 오면 우선 책이라는 환경에 노출된다. 자연스럽게 책 잘 읽는 아이로 커 간다는 것은 우리 논술 학원의 자랑거리다.

『이기적 유전자』를 쓴 리처드 도킨스는 '밈'이라는 문화 유전자를 발표했다. 나는 이기적 유전자를 읽을 때 '우리 몸은 유전자를 이어가게 하는 기계에 불과하다.'라는 대목보다 문화로 전달되는 밈 문화 DNA를 더 선호한다. 진화되고 싶다면 환경을 바꿔라. 공간이든 인간이든 시간이든 환경이 중요하다.

나를 키운 건 팔 할이 책이다

'헉, 헉.' 숨이 찬다. 교보문고 주차장에 들어서면 숨이 찬다. 좋아서다. 반가워서다. 우리 골든 리트리버 엄펑이도 새로운 사람이나 뭐 먹고 싶은 것이 있으면 '헤, 헤', '헉, 헉'거린다. 나도 엄펑이처럼 헉헉거리며 교보문고 엘리베이터에 오른다. 평소와 마찬가지로 서점은 중년 부인보다는 젊은이들과 학생들이 훨씬 더 많다. 그러거나 말거나 나는 나이를 잊고 팔을 걷어붙이고 책을 향해 나아간다. 그렇다. 나는 책 없이는 살 수 없는 사람이다.

'오, 이 책도 사야지.', '오, 저 책도 사야지.' 나의 두 눈이 책을 서핑하기에 모자란다. 나는 제3의 눈을 꺼내서(제3의 눈은 두 눈 사이에 있는 초인적인 눈을 의미한다.) 레이저를 쏘아대며 책 서핑을 한다. 좌판대와 서고를 훑는다. '캬아, 이 냄새.' 교보문고 냄새다. 교보문고만의 냄새도 나는 좋아한다. 우리집 서재에도 교보문고 디퓨저가 있다. 책방에 온 느낌으로 공부를 하기 위해서 구입해 쓰고 있다. 그러는 사이에 아, 벌써 바구니에 책이 찬다. 이제 허리를 펴고 정신을 차려야 한다.

정신이 들었다. '어쩌다 내가 책 홀릭자가 되었나?', '어쩌다 책 없이는 살 수 없는 인생이 되었나?' 잠시 상념에 젖었다가 다시 책 서핑을 하러 간다.

인문 코너에 새로운 책이 많이 나왔다. '할 수만 있다면 이 잔을 내게서 옮기시옵소서.'가 아니고 '할 수만 있다면 이 책을 모두 사 가지고 집으로 도망치게 해주소서.' 기도가 헛나온다. 역사, 경제 코너에서 책 2권을 샀다. 다시 미술 코너로 간다. 그림이 어떤 옷을 입고 나왔나? 궁금해서 견딜 수가 없다. 나는 마음에 드는 책을 3초 만에 고른다. 어떻게 그렇게? 할 수 있다. 내 몸의 느낌과 약간의 이성만 있으면 된다. 색상과 제목 그리고 목차, 오케이! 이렇게 골라진 책은 나름 나를 흡족하게 하고 사회 문화를 읽어내는 데에 부족함이 없다. 다행이다. 행복하다. 뿌듯하다. 주머니 생각은 하지도 않는다. 책을 산다.

'뭐, 옷 하나 사지 말면 되지.'
'흥, 또 먹을 거 한 끼 아끼면 되지.'
'되지, 되지.'는 나의 친구처럼 편안하다. 내 페르소나와 이야기를 나누는 이 시간. 책 서핑 시간이 내게는 가장 행복한 블루 타임이다. 블루 타임이라고 하면 아무것도 안 한다고 생각할 수 있다. 그러나 나는 책을 서핑하고 사는 시간이 블루 타임이다. 나의 똘끼는 여기서도 불쑥불쑥 나온다.

잠시 휴식 타임이다. 책 바구니는 옆에 세워두고 카페로 간다. 시원한 아이스 아메리카노를 시켜 편안하게 앉는다. 교보문고 스타벅스는 자리를 먼저 확보하고 음료 주문을 해야 한다. 시원한 아이스 아메리카노는 식도를 타고 위 속으로 스윽 넘어가며 향기를 준다. 코끝에 그리고 입안에. '아이, 행복해.' 이것은 백 번 이야기해도 내게 최고의 순간이다. 교보문고 향기와 내 목구멍을 타고 흐르는 커피, 그리고 향은 내 삶을 풍족하게 해준다. 이 시간이 지나면 계산대에서 꽤 많은 값을 지불해야 한다. 집으로 돌아가는 차 안에서도 책 향기에 내 마음은 홀릭된다. 운전대를 잡고도 조수석에 놓인 새 책들이 있어 입가에 미소가 생긴다.

나는 책 없이는 살 수 없는 1인이다. 지금 이렇게 즐거운 마음으로 일하고 숨 쉴 수 있는 것은 내게 선물로 오는 책 덕분이다. 고마운 작가님들! 감사드립니다. 나도 책 저자가 될 것이다. 아니, 지금 작가가 되었다. 나 같은 책 마니아가 또 있다면 힐링하시라.

이렇게 책이 내 삶에 들어온 것은 초등학교 1학년 때부터다. 이솝우화, 그림 없는 그림책들을 내게 사준 것은 우리 엄마다. 우리 엄마는 팔순이 넘었지만 앞서가신 여성이었다. 내가 책을 가까이할 수 있는 시원(始元)은 엄마에게 있다. 엄마는 시골 사람이지만 책을 읽게 해 주었다. 야채를 팔아서 책을 사 주었다. 엄마가 내게 해준 책에 대한 끈을 나는 내 딸에게 전해준다. 리처드 도킨스의 밈 문화로 전해준다. 딸이 원하는 책은 정말 뭐든지 사 주려고 노력한다. 또 사 주었다. 지금도 사 주고 있다. 딸과 함께 서점에 가면 서로 책을 고르느라 정신이 없다. 딸도 나를 닮아 책을 무작정 산다. 내가 사고 싶은 책을 살 수 있다는 것에 늘 감사한다.

책 없이 살 수 없는 똘끼 중년 부인은 책 덕분에 부도 쌓았고 용기도 받았다. 용기는 자존감이 되고 자존감은 내 브랜딩이 되어 내가 살아갈 이유를 준다. 책 읽는 나는 우아한 중년인 것. 정답이다. 해답이다. 지금도 나는 명품백을 살 기회가 생기면 주춤거린다. "책이 몇 권인데? 안 돼, 안 돼."라고 고민한다.

05

서점에서 색깔 쇼핑하는 여자

책 마니아인 나는 중독 쇼핑을 한다. 그곳은 쿠팡도 아니고 백화점도 아니다. 나는 서점에서 내 마음껏 책 쇼핑을 한다. 지하 주차장부터 풍겨오는 교보문고만의 향기가 내 코를 간질인다. 곧 나는 엘리베이터를 타고 서점 안으로 골인한다.

'오늘은 어떤 책이 나와 있을까?', '요즘 사람들은 어떤 생각을 하고 사는 것일까?' 궁금하다. 서점 안에는 나처럼 책을 쇼핑하는 사람들로 붐빈다. '어쩜 이리도 예쁜 옷을 입혀 세상에 내어놓았을까?' 혼자 중얼중얼. 작가들이 너무도 부럽다. '나도 곧 저 매대에 내 이름 석 자를 올리겠어.' 당찬 다짐을 하며 쇼핑을 시작한다. 감탄도 잠시, 나는 책장을 넘긴다. 가지런한 차례가 고개를 다소곳하게 나를 맞는다. 책이 뿌린 향수 냄새(인쇄 냄새)는 나를 흥분시킨다.

"맞죠? 저 책과 사랑에 빠진 거."

오늘은 먼저 인문 코너에 들렀다. 이 두꺼운 책은 김정운님의 신간이다. '헉, 대단하다.' 두께에 넘어간다. 1,000쪽의 책 부피와 그것을 쓴 작가의 손길이 매섭게 느껴진다. 표지를 쓸어보고 겉장을 넘겨보았다. 읽고 싶다. 사고 싶다. 나는 책의 뒷면을 보고 깜짝 놀랐다. 10만 원이 넘는다. 다른 책도 사야 하는데 '꾹, 꾹.' 내 소리 들리시죠? 마음을 누르고 책을 내려놓았다. 아쉽다. 몇 날 며칠 이 책이 나를 놓아주지 않을 것이다.

이번엔 경제 서적 코너. 늘 애정을 가져야 하는 코너다. 경제는 우리 살림이니까. 어떤 책들이 나와 있는지 꼭 살펴야 한다. 주식 책도 있고, 부동산 하락에도 부동산 책은 줄줄이 소세지처럼 나온다. 늘 새로운 책에는 나는 '이렇게 투자한다.', '나는 이렇게 부자 됐다.'라고 쓰여 있다. 둘러보고 딱 한 권을 집었다. 이번에 과학 코너. 역시 과학 코너 쇼핑은 뇌를 번쩍이게 한다. 과학 스테디셀러들은 늘 그 자리를 지킨다. 『코스모스』, 『이기적 유전자』와 평행우주, 뇌에 관한 책들!

요즘 새로 출간된 책들도 새로운 패션의 옷을 입고 근사하게 누워 책 주인을 기다린다. '오메메' 소리가 절로 나온다. 사고 싶다. 책 표지에 홀릭되어 과학책 쇼핑 끝! 그 옆 매대에 헉, 주르르 나란히 있는 환경 책들! '요즘 환경에 대한 관심이 많구나!' 하는 걸 느끼는 순간이다. 새 옷을 입고 나온 책들이 여러 권이다. 일단 너무 더운 날씨, 또 쏟아지는 홍수, 태풍은 사람들로 하여금 환경에 눈을 돌리게 한다. 환경 책 중에 식물에 관한 책을 네 권 정도 골랐다. 책방 쇼핑은 너무 재밌다. 이번에 오매불망 기다리던 미술 코너. '어떤 신간이 있을까?' 새로 나온 책들은 다소곳하게 고객을 기다린다. 미술 코너도 스테디셀러와 새로 나온 책들이 섞여 있다. '오잉?' 이 책도 사야 하고, 저 책도 사야 하고. 왜 이리도 이 코너는 맘에 드는 책이 많을까?

 나의 지니가 알려준다. '주인님이 애정하는 코너잖아요.' 호리병 속으로 쏙 들어가 버린다.(지니는 내가 난처할 때 나타났다가 사라지는 나의 뮤즈다.) 고개를 들어보면 내 옆구리에 책이 그득하다. 팔이 아프다. 바구니에 담아 놓은 책들은 새색시들이다. 무겁기도 하다.

 이제 시 코너 쇼핑이다. 새로 나온 시집과 스테디 시집을 차근차근 살펴본다. 시집도 내가 좋아하는 진은영, 오은의 시집이 눈에 들어온다. 두 권을 사고 에세이 코너로 갔다. 학생들을 위한 청소년 코너의 책들은 고르기가 까다롭다. 너무 쉽거나 문학성이 떨어지기 때문이다. 한숨 한번 쉬고 청소년이 읽는 스테디셀러에 손을 뻗는다. 책 바구니가 더 무겁다. 이제 바로 건너편으로 이동한다. 거기는 문구류 코너, 그리고 물감과 붓이 있다. 이것저것 색깔에 취해 뒤적이고 살핀다. 손으로 잡았다가 놓는다. 책 바구니가 무거워서 자제해야 한다. 사실 주머니 사정도 있다. 그렇게 쇼핑을 하고 문구 코너에서 요란한 핑크 물감과 노랑을 구입했다. 엉덩이를 씰룩거리며 계산을 마치고 책 봉투 2개를 양손에 들고 스타벅스로 간다. 지금까지 산 책을 다시 살펴보기 위한 의식이다.

 나는 서점 쇼핑이 끝나면 차를 마시며 잠시 시간을 갖는다. 멈춤의 시간이다. 달콤한 라떼가 땡긴다. 책 마니아인 나는 어쩔 수 없는 책쟁이다. 오늘도 다량의 책을 구입했으니 식비, 옷, 비품은 절약이다. 손가락을 빨지언정 책은 사서 읽어야 한다. 나의 지인들은 이런 나를 책 중독자, 결핍자, 강박에 쌓인 자라고 놀리기도 하고 비웃음을 사기도 한다. 난 상관없다. 다른 사람의 눈을 의식하기에 나는 얼굴이 두꺼워졌다. 책을 사랑하는 마음이 그런 나를 만들었다. 나는 내가 행복하면 된다. 옷은 저렴하게 사서 입고 먹는 것도 간소하게 먹으면 된다. 하지만 나의 뇌가 섹시해지는 서점 쇼핑을 버릴 순 없다.

막내 여동생이 여윳돈이 생겼다며 핸드백을 사라고 삼백만 원을 주었다. 사실 난 핸드백보다 커다란 트렁크에 내가 사고 싶은 책을 가득 채워 들고 오고 싶다. 하지만 일본미술관 투어 가는 공항 면세점에서 핸드백을 구입할 예정이다. 명품백보다 책 백여 권을 바꾸고 싶은 나는 똘끼 여사가 맞나요? 내가 잘못 생각하고 있나요? 거의 다 명품백을 원할 것 같은데? 아닐 수도 있다. 나 같은 사람은 백 번을 물어봐도 명품백보다 책이다. 책을 선택할 것이다. 미안하지만 동생은 이런 마음을 가지는 언니가 싫을 것이다.

나는 오늘도 서점 쇼핑이 재밌어 난리 블루스를 춘다. 오늘따라 아이스 라떼가 달콤하다.

06

책 빼고 미니멀 라이프

어느 날 일어나보니 내 곁에 물건이 가득하더라. 뭐든 필요하면 사놓고 찾지 못한다. 급하다는 핑계로 또 샀다. 이런 생활이 계속되던 어느 날이었을 것이다. 물건이 너무 많아 '이제부터 더 이상 사지 말자. 사지 말자고! 똘끼 여사, 정신 차리자!'라는 다짐을 했었다. 책도 사지 말아야 할 것 중에 한 가지였다.

'띠링' 택배 문자다. 온라인 주문 책이 온다는 카톡이다. 간단하게 살기로 결심한 지 한 달도 되지 않는데, 또 책을 구입했다. 책도 꼭 필요한 것만 사기로 나와의 약속을 했다. 혼자 새끼손가락 걸고 했다. 꼭꼭 약속해! 똘끼 대 똘끼. 그런데 또 깜빡인다. 비움을 실천해야 하는데, 또 실패했다. 정말 안 된다.

'넓은 거실에 빈 공간을 놓아두는 것이 난 왜 안 될까?' 거실 빈 벽이 있으면 나는 그 빈 곳을 못 참아 한다. 어느 사이 책장이 그곳에 놓이고 책이 들어가 있다. 요즘 코로나 팬데믹 이후 온라인 강좌가 대세다. 너도나도 블로그를 배우고 스마트 스토어도 배우고 전자책을 쓴다. 블로그 이웃인 친구는 비움 테라피스트를 신청했다고 한다. 3주 동안 그동안 쌓아 두었던 짐들을 하나, 둘 비워낸다고 했다. 몸까지 가뿐해졌다고 한다. 아직 새것이나 재활용할 수 있는 것들은 당근 마켓에 판매도 했단다. 돈도 모였다고 자랑을 했다. 그런데 나는? 나는! 또 책을 샀다. 문득 내 심리가 궁금해졌다.

'난 왜 자꾸 채우려고 하나?'

'아직도 뭔가 채워지지 못한 결핍이 있나? 무슨 결핍이 이렇게도 많을까? 자꾸 채우려 하는지?' 나에게 묻고 싶었다. 이제 거실과 서재는 책들로 꽉 들어찼다. 거실 책장에는 책들이 가로로 넣어두었다. 세로가 다 채워진 책장에 새로 구입하는 책은 가로로 들어차기 시작했다. 불행 중 다행인 것은 더 이상 가구를 사는 일은 없다는 것, 동생들의 충고와 나의 직시로 실천 중이다. 하지만 아직도 책은 통제가 되지 않는다. 자꾸 사게 된다. 비움, 비움의 철학자 월든은 오두막 한 채에서 최소한의 생활을 하다가, 불법이라는 법에 따라 벌금을 선고받기도 하며, 최소한의 의식주로 비움의 철학을 실천한 분이다. 나는 월든의 생활 방식을 좋아한다. 나는 월든의 그 단아한 철학이 맘에 든다.

지금은 뭐든 쉽게 대량으로 찍어내는 시대다. 대량 생산의 결과물은 버릴 것이 너무 많다는 것이다. 없어도 되는 것을 나는 너무도 많이 산다. '버리지 못하는 결핍?' 나에게 있는 병이다. 장자의 철학에도 비워야 쓸모가 있다고 한다. 공간이 생겨야 여기에 무엇을 넣을 수 있다. '그릇은 비어 있을 때 비로소 사용할 수 있고, 집은 비어 있을 때 비로소 그 기능을 다할 수 있다.'라고 노자는 『도덕경』에서 말한다. 우선 비워내야 한다. 비워내라. 장자의 철학을 새겨보지만, 잘 안되는 나의 생활 태도! 나부터 유무상생(有無相生)², 있음과 없음을 이해해야겠다. 비워진 곳이 다시 채워진다. 깊이 명심하지만 또 까마귀 고기를 먹어 또 까먹는다.

우리는 노마드 삶³이 필요한 시대를 산다. 꼭 필요한 것만 가지고 살아야 하는 시대, 어디든 유동하며 살아야 하는 시대는 간단하게 살아야 한다. 노마드 시대를 살면서 시대의 흐름을 거꾸로 사는 것은 대단한 오류다. 미니멀리즘으로 최소한의 것만 가지고 살고 싶다. 그러나 머리로는 이해하고 끄덕이지만 가슴과 손에는 아직도 욕심이 가득 차 있다.

'이런 바보 같은 똘끼 여사는 어느 시대의 유물일까?'

요즘 내가 속해있는 온라인 단톡방에서는 '냉파'라는 것이 유행이다. 식비를 절약하고 환경오염을 줄이는 일석이조! 바로 냉장고 파먹기다. 단어도 재미있다. '냉장고를 어찌 파먹어?'

히히 웃었지만, 냉파를 딱 한 번 해봤는데, 꼭 환경 운동가가 된 느낌이었다. 마음이 개운했다. 냉장고의 마음이 그럴 것 같다. 여러 음식을 먹어 배가 우르릉, 쾅쾅, 아프고 힘들 텐데, 덜어내고 비워내고 털어낸 속이 참 시원했겠다는 생각을 했다. 생활 속에서 미니멀리즘을 실천하기란 쉬운 일이 아니다. 특히 나처럼 물욕이 많은 사람은 정말 어려운 것이 비우고 덜어내는 것이다. 내 것이 나간다는 것을 못 참는다. 지금까지 쓰던 모든 것을 다 버릴 수는 없다. 다 비울 수도 없다. 그러나 조금이라도 비워진 곳에 쓸모있는 채움이 있기를 바라본다.

---

2 있고 없음이 서로를 낳는다는 뜻. 노자의 「도덕경」에 나오는 말.
3 특정한 가치와 기준에 얽매이지 않는 삶.

오늘처럼 책이 거실에 또 채워진 날은 책에 대한 애증이 생겨난다, 안고도 싶고 밀쳐버리고도 싶은 애증의 관계! 책이 좋고 새것이 좋고 이것은 꼭 필요하고 저것도 꼭 필요하고, 지금 이것저것 열거해 보니 내 욕심이 물건을 사는 것 같다. 맞나요? 맞습니다, 맞고요!

『장자의 비움 공부』라는 책을 본 적이 있다. 딱 이 책 한 권만 더 사서 읽고 싶다. 또 책 타령이다. 나의 이 고질병(책 사는 것)을 고쳐주실 분 있으면 도와주세요.

07

나는 책으로 재테크한다

요즘 젊은이들은 재테크에 관심이 많다. '어떡하면 투자를 할까?' 공부하고 실전 투자도 한다. 난 젊은이나 남녀노소 불문하고 돈 공부는 해야 한다고 생각하는 1인이다. 정말 노동만 해서는 이 자본주의를 살아낼 수 없다. 운이 좋아서 부모에게 물려받은 재산이 있는 금수저라면 다행이지만, 처음부터 맨몸으로 시작하는 젊은이들은 어깨에 멍에를 지고 가는 느낌일 것이다. 나도 그랬다. 집은 있어야 하겠고 공부도 해야 하고(늦깎이 대학원생이었다.) 아이가 태어나면 육아도 해야 한다. 뭐 하나 쉬운 것이 없었다. 요즘 젊은이들이 자녀를 낳지 않는 것도 일부 수긍이 간다. 돈 공부와 재테크는 꼭 해야 한다.

나는 운이 좋아 부동산이 있다. 그러나 이것보다도 나는 탈무드를 생각했다. 머릿속에 무언가 넣어야겠다. 재산도 중요하지만 자산을 가져야겠다 싶어 선택한 것은 책 투자였다.

정말 책을 죽어라고 샀다. 그리고 읽었다. 소득의 십 분의 일은 책을 사는 데 투자했다. 지금도 책 투자는 계속된다. 책 속에 보화가 있고 책 속에 길이 있다고 생각했다. 사십 대는 좀 걱정과 두려움이 있었다. 아이들 교육비는 천정부지로 뛰고 있는데 그 당시에도 비싼 예술고를 보내고 유학을 보냈다. 나도 대학원 공부를 하는 중이었다. 소득은 거의 교육비와 문화비로 나갔다. 적자 인생을 한참 동안 살았다. 오기가 생겨 더 많은 책을 읽었다.

광화문 교보문고, 목동 교보문고, 방화 문고를 교대로 다니며 읽고 싶은 책이나 교재로 쓸 수 있는 책을 선택했고 구매했다. 집은 좁은데 책이 많아지자, 돈은 없고, 가족들은 좀 짜증을 내기도 했지만, 고집이 셌던 나는 물러서지 않았다. 책에 더 투자했다. 아이들도 책을 정말 많이 읽혔다. 사고 싶어 하는 책은 다 사 주었다. 책 산 비용으로 작은 아파트 하나는 장만할 수 있을 정도다. 과장이긴 해도 그만큼 책에 투자를 했다는 이야기다.

이런 나를 보고 어떤 친구는 '49평 아파트를 샀네.', '분양권을 샀네.' 내 귀를 간질였지만 나는 흔들리지 않았다. 책이라는 깃대에 나를 묶어놓았기에 친구의 부동산 소리는 바닷가 세이렌의 유혹(바닷가에서 어부들을 유혹하는 인어)으로 넘겼다. 그런데 조금 후회도 된다. 조금만이라도 부동산 쪽으로 고개를 돌렸다면 더 좋았겠다는 생각도 있다. 그래도 지난 세월을 어쩌겠는가? 지금부터 잘 살면 된다.

나는 책 투자가 재테크였던 것을 너무 후회하지는 않는다. 지금 누가 책에 대한 이야기를 하면 거의 내 책 읽기 레이더망에 잡힌다. 그래서 난 대화에 참여 가능이다. 책으로 지금까지 밥벌이를 하고 있으니 고마울 따름이다.

현재 나는 같은 곳에서 20년 넘게 논술 학원을 운영하고 있다. 학생들도 꾸준하게 있다. 20년 동안 논술 학원을 운영하면서 집도 장만했고 아이들 교육도 시켰고 물론 내 자신을 위한 투자가 가장 컸다. 어느 곳에 가든 당당하고 그런 나를 사람들은 좋아해 주었다. 인문학을 공부했다. 이것도 지금까지 이어서 하고 있다. 매주 책을 한 권씩 읽으면서 발제를 하고 오프 모임으로 함께 토론하는 모임이다. 10년 넘게 이어오는 인문학 공부도 책으로 한 재테크였다. 내 곁에 해박한 인문 선생님들과 인문 친구들이 있어서 늘 든든하다.

재테크로 한 책 읽기는 나를 큰 부자로 만들어 주었다. 나를 우뚝 세워 준다. 원장으로서 세워 주고 책 잘 읽히는 선생님으로 페르소나를 세워 준다. 글쓰기 지도는 구스타프 융의 이론을 따라 지도한다. 내게 배우는 학생들은 충분한 책 지식이 있는 나를 잘 따르고 좋아한다. 나도 논술에 오는 학생들이 너무 이쁘고 사랑스럽다. 이런 마음도 책이 주었으니 내게 책 재테크는 성공한 투자라고 생각한다.

젊은이들이여! 재테크도 좋다. 돈 공부도 좋다. 그러나 인문 교양을 비롯한 책 읽기는 내 삶을 풍요롭게 하는 재테크라는 것을 잊지 말았으면 좋겠다. 수명이 늘어난 미시 중년들이여! 늦은 때란 없습니다. 우린 책을 읽어야 합니다.

요즘 부자들이 하는 말이 있습니다. '책을 읽었더니 이만큼 부자가 됐어요.' 책 읽는 부자들이 더욱 많아졌다. 부자들은 몰래 책을 읽어왔는지도 모른다. '책 읽는 사람이 세계를 정복한다.' 라는 말을 확인하는 요즘이다.

나는 책 덕후다

오지 여행을 위해 한 가지 더 가져갈 수 있다면? 나는 두꺼운 철학 모둠 책을 선택할 것이다. 예쁜 옷도, 질 좋은 화장품도, 여분의 식량보다도 내가 필요로 하는 것은 정신을 몰두할 수 있는 책이 필요하다.

나에게 책이란 무엇일까? 『삼국지』에 보면 '사면초가'라는 고사성어가 나온다. 이것은 '사방에서 들리는 초나라의 노래'라는 뜻으로, 적에게 둘러싸여 누구의 도움도 받을 수 없을 만큼 긴박한 상황을 뜻하는 말이다. 나 또한 사면초가와 같은 상황이었다. 그것도 사면초가가 두 겹이나 됐는데, 하나는 불안한 미래, 하나는 책이었다.

나는 돈을 벌어야 했고 뭔가 근사한 사람이 되고 싶었다. 그러나 나는 가진 것도 없고 비빌 언덕이 없다고 생각했다. 그러던 중에 『책 읽는 사람이 세계를 이끈다』라는 책을 구해 읽게 되었다. 그 책 속에는 책을 읽어야 하는 온갖 이유들이 가득했다. 이런 류의 책을 처음 읽었고 너무도 신기한 체험을 했다. 그 책을 얼른 읽고 다시 책에 관한 도서를 읽기 시작했다. 그러던 중 책의 십일조를 말해준 작가가 있었다. 그 책 제목은 기억이 가물가물하지만 그때 두 주먹을 불끈 쥐었다는 느낌과 머릿속이 훤해지는 뇌 섹시를 경험했다. 그때가 삼십 대, 소득의 십일조로 책을 사 모았다. 그리고 책을 읽었다. 책을 한 권 두 권 사서 읽을 때마다 궁금했던 성공에 가까이 가는 것 같았고 읽으면서 책에 답이 있다는 확신이 섰다.

나는 책 덕후가 되어갔다. 광화문 교보문고를 매주 다니며 책 서핑을 하고 책을 사들였다. 우리집에는 책장이 하나둘 늘어났고 내 직장인 논술 학원은 책으로 '사면초가' 상태가 되었다. 책에 둘러싸인 교실에서 나는 오히려 안전하게 보호받았다. '이렇게 책에 둘러싸여 10권, 100권, 1,000권, 3,000권, 10,000권까지 읽어보자. 그러면 분명히 나는 뭐가 돼도 뭐가 될 것이다.' 그런 희망과 확신을 품으며 책 덕후의 삶을 사랑하게 되었다.

책 덕후는 똑같은 제목의 책도 출판사가 달라지면 또 구입하고 싶은 마음이 솔솔 솟아 나온다. 우리집에는 화가 고흐의 책이 10권도 넘는다. 고흐의 책이 나오면 궁금해서 못 견뎠다. 고흐의 삶을 알지만 어떤 방향으로 고흐 이야기를 전개했을까? 고흐의 다른 그림이 있을 거야? 미술 전공자가 아닌데도, 책을 통해 고흐의 삶과 작품 세계를 자세하게 알 수 있었다. 어떤 때는 똑같은 책을 다시 구입하기도 했다. 알고 보니 리커버된 책이었던 경험도 있다. 그러면 옆에 있던 지인들에게 선물을 했다.

화가들의 삶을 책 덕후로 정복하자. 우리집에는 미술책이 100권을 넘어갔다. 지금도 나는 궁금하거나 모르는 장르가 있다면 우선 책을 100권 이상 사서 무조건 읽는 버릇이 있다. 무식하게 읽는 나의 책 읽기는 이렇게 해서 5,000권을 넘어가고 10,000권을 넘어가고 있다.

클래식을 더 알고 싶은가? 100권의 책을 읽으시오.

10권을 읽으면 음악가의 이름이 익혀지고, 50권을 읽으면 음악사조를 알게 되고, 100권을 읽으면 음악을 사랑하는 사람이 된다.

내 직업은 논술 선생이다. 학생들을 가르칠 때 부족한 영역의 지식을 100권 독서로 격파했다. 지금도 모르는 분야의 공부는 100권 독서로 익힌다. 철학 전공자가 아니라 철학이 궁금할 때도 10권, 50권, 100권의 순서로 철학 세계를 익혀 나갔다.

좀 무식한 공부법일 수도 있다. 그러나 나는 책 덕후라서 오히려 이 방법이 더 쉽다. 온라인상에서 내 닉네임은 '책 읽는 너구리'다. 블로그 이웃들은 나를 '책너굴선생님'이라고 부른다. 이 소리가 좋다. 책 너구리는 모든 것을 책으로 본다. 옷을 사려고 할 때도 옷값을 책값으로 환산해 보는 습관이 있다. 책이 몇 권인데, '난 안 사, 노노.'하며 책방으로 달려가 책을 한 아름 안고 온다.

지금 내 공간이라는 곳에는 책으로 싸여 있다. 거실에도, 주방에도, 서재는 물론이고 뒤 베란다 창고에도, 야외 베란다 벙커 주변에도 책이 쌓여간다. 논술 학원에도 책이 꼭꼭 채워져 있다.

책벌레나 책 먼지가 불편할 수도 있겠지만 책을 사랑하는 마음이 더 높아서 무시한다.

강릉에 마련한 세컨하우스에도 500권의 책을 나르느라 트럭을 타고 강릉까지 아주 느리게 가야 했던 시간도 있었다.(트럭이 오래되어서 되도록 천천히 갔다.)

요즈음 책 너구리인 나는 자기 계발 그룹에 속해 있다. 그룹 사람들의 블로그에서 다뤄지는 책들을 보면 거의 다 나의 레이더망에 잡힌다. 새로 나온 책이 아니면 거의 다 읽은 책이다.

그래도 새로 나왔다 하면 또 사고 싶다. 책 덕후인 나는 못 말리는 사람이다.

인터넷 신문에서 책 읽는 사람이 얼마나 되는지 조사한 것을 보면 가까운 일본 사람들은 매년 5권을 읽는다. 그것에 비해 한국인들은 매년 1권을 읽는다. 그러나 내가 가는 교보문고에서 나는 책을 사려고 또는 읽으려고 몰려든 한국인 인파들을 늘 목격한다. 교보문고가 텅 비었던 적은 한 번도 없다, 늘 북새통이었다. 책을 읽지 않는다는 통계가 잘못된 것이 아닐까? 하는 생각도 했다.

책을 읽으면 좋은 점을 한 번 살펴보자.

우선 자존감이 높아진다. 지식은 기하급수적으로 늘어간다. 주변에서 박식하다는 소리를 듣는다. 누가 뭘 물어오면 막힘없이 대답할 수 있다. 또한 내가 무엇을 잘하고 무엇을 못하는지 스스로 진단할 수 있다. 가장 중요한 것은 책으로 밥벌이를 할 수 있다는 것, 나는 이십 대 중반에 시작한 책 선생을 아직까지 하며 수입을 창출하고 있다. 앞으로 10년은 더 책으로 수입을 올릴 수 있을 것이다. 이보다 더 좋은 파이프라인이 없다고 생각한다.

내가 좋아하는 책을 읽고 그것으로 돈을 번다는 것, 이보다 달콤한 유혹이 있을까?

그런데 요즘 학생들을 보면 너무도 안타깝다. 책을 읽을 시간을 낼 수 없는 시스템 속에서 살아간다. 학교에서도 직업과 상관있는 공부를 중요시하고 책은 부수적으로 읽히고 있다. 다 그런 것은 아니지만 청소년이 읽어야 할 책들보다는 영어와 수학 학원을 더 다닌다. 책이 학생들의 마음을 단단하게 한다고 보면? 우리 학생들은 책에 노출되는 시간을 늘려야 한다. 나는 김윤주 논술 학원에 다니는 학생들을 위해 주 1회 독서를 추천한다. 일주일에 1권의 책을 읽어오면 그것으로 토론하고 논제를 잡고 자신의 현재와 겨루어 논술 쓰기를 한다. 학생들은 책을 읽고 글쓰기를 하고 나면 만족해한다. 마음이 시원하다고 한다. 이 기법은 내 것이 아니라 구스타프 융의 글쓰기의 효능에서 유래된다. 글쓰기는 자기 정화, 나아가 자신의 심리치료, 더 나아가 자기를 확장한다고 말한다.

책 읽기 덕후인 나는 주변 지인들에게 책 강박에 빠진 사람이란 소리도 들었다. 책으로 방어기제를 쓴다. 또 책만 읽는 이상한 사람으로 오해를 받기도 했다. 그러나 만 권의 책을 읽고 통섭이 일어나면서 여러 분야의 책을 연결하고 이해시키는 능력을 보고 "10,000권 독서가 우러나와 선생님을 돋보이게 한다."는 소리를 듣는다.

4

그림을 아는 사람은
뭐가 달라도 달라

그림이 걸려 있는 집

집은 나에게 무엇일까?
그림은 나에게 무엇일까?

집은 엄마의 자궁 같은 것이라고 생각한다.
지친 몸과 상한 마음을 치유 받는 곳, 다시 재탄생되는 곳이라고 생각한다.

그림 또한 나를 재조율시키는 것이다.

삼십 대에는 집의 소중함을 몰랐고 집은 아버지가 사주는 것이라고 생각했다.
나는 남편과 아이들하고 잘 먹고 잘 살기만 하면 되는 줄 알았다.
참 철없는 생각을 하며 아이 둘을 낳아 키웠다.

이후에는 집 장만을 소홀히 한 대가를 심하게 치렀다.(나의 치부다.) 아이들 공부를 위해 스쿨버스가 오는 곳으로 이사를 하면서도 집의 소중함을 몰랐다. 우선 아이들에게 좋은 조건이 우선이었다. 고기 잡는 법을 가르쳐야 한다는 탈무드 교육법을 위해 모든 환경을 세팅했다.

두 아이를 사립초등학교에 보내는 일은 그렇게 간단하지 않았다. 일단, 학비와 그 외 부수적인 특별활동비가 비싸도 너무 비쌌다.(사실, 그 당시는 비싼 줄도 가늠하지 못했다.)
스쿨버스비와 여름이면 스케이팅 보내기, 겨울 스키 캠프, 그리고 해외 연수까지 줄줄이 이어지는 교육비는 우리를 조금씩 조금씩 파산으로 몰고 갔다.

집은 자궁인데, 내 쉴 곳이 없어지는 줄도 모르고, 내 영혼이 황폐해지는 줄도 모르고 나는 집보다는 교육에 전투적인 자세로 뛰어들었다.

그래도 운은 있었다. 시누이네가 미국 이민을 가게 되었다. 시누이네 아파트를 우리를 쓰게 되었다. 아주 적은 전세금을 주고 말이다. 아주 편하게 썼다.

아버지가 주는 쌀과 음식 그리고 시누이네 아파트를 내 자산인 것처럼 살았다.

그보다 먼저 우리의 신혼 시절의 집에 관한 이야기는 웃기면서도 슬프다.

삼십 대에 결혼을 하고 우리는 10평 대의 다세대 주택에서 살림을 시작했다. 남편의 큰형님께서 시골 강*도에 있는 땅콩밭을 팔아서 보냈다는 돈과 남편이 모은 돈을 합쳐서 전세를 얻었다.

나는 아파트에서 살고 싶어 신혼집을 보러 다니는 동안 퉁퉁 불은 입을 다물지 못했다.
'뭐여, 이런 집에서 어찌 살라는 거야?'
뭔가 불만이 하나둘 생겨났다. 하지만, 방 두 개를 예쁘게 꾸미고 나름 책장도 들여놓고
작은 소파도 들여놓고 나니, 체념을 잘하는 나, '뭐 됐어.'하며 그 집에서 2년을 살았다.

첫딸을 시집보낸 친정 엄마가 우리집에 가끔 오셨다. 집이 좁아서 사위하고 가까이 마주하는 것을 불편해 하셨다.(그 당시 엄마는 사위를 내외했다. 옛날 사람이라) 엄마의 말이 먹혔는지, 엄마가 졸랐는지, 아버지는 우리를 가련하게 보고 아버지 집 근처 32평 아파트로 이사를 시켜 주었다. 물론 전세였지만 방 3개가 있는 아파트는 우리가 살기에 딱 좋았다.

그때부터였는지 나는 집은 아버지가 사주는 것인 줄 알고 무디게 살았다. 철이 없어도 너무도 없는 나는 아이 둘을 낳아 키우면서도 부모님의 손을 당연하게 빌리고 부모님 근처에서 쌀과 반찬을 얻어먹으며 살았다. 그곳에서 아이들은 강서에 하나밖에 없다는 사립초등학교를 보내게 되었다. 돈 무서운 줄 모르고 살았다.

아이들이 크고 첫째가 성악 전공을 하면서 점점 더 돈에게 저당 잡히는 삶을 살았다. 또 둘째 아들을 뉴질랜드로 유학을 보내면서 우리는 팍 팍 팍, 어려움에 처하게 되었다.

그러거나 말거나 부부는 씩씩하게 돈을 벌면서 아이들 뒷바라지를 했다. 없는 돈은 아버지가 미리 증여해 준 땅을 팔아서 감당했다.(지금 생각하면 미친 짓인 것을 안다.)

아들이 유학을 마치고 두 아이가 대학에 들어갔다. 어느 날 보니 우리는 장 만했던 빌라를 팔고 있었다. 다시 아파트 전·월세를 살았다.(꽤 오랫동안)

그때도 집의 중요성을 몰랐으니 바보 아니면 내 머릿속에는 자산(집)에 대한 인자가 없었다는 생각만이 설득력이 있겠다. 나이가 사십 대가 넘어 가자 집에 대한 불안감이 생겼다.

아이들이 대학을 졸업하고 대학원을 다녔다. 서울에 있는 Y대학원을 함 께 입학시켰다. 다섯 명을 뽑는 입시에 내 두 아이가 합격했다는 사실만 중 요했다. 부부는 개미허리가 되어갔다. 대학원에 합격한 것만 좋아서 입을 벌름거릴수록, 허리는 더 조여 왔다. 개미허리가 부러지지 않았기에 망정 이지! 큰일 날 뻔했다. 아니 큰일을 한번 호되게 치렀다.(나중에 말하자, 아 님 입 꾹 닫자, 아프니까.)

지금 사는 집은 그래서 더 특별하다. 거실 창문을 열면 숲속처럼 초록이 나를 반긴다. 내가 사는 아파트는 녹음이 울창하다. 개미허리가 고생 끝에 장만한 우리집이 그래서 더 좋다.

　이제 좀 우아하게 늙어야겠다. 생각하자. 나는 요즘 베짱이가 되어간다. 아파트 단지네 수영장에서 모닝 수영을 하고 세이렌 체험을 한다. 내게 물속을 헤엄친다는 것은 오디세우스를 유혹하기 위한 중년의 헤맴과 같다.

　우리집 거실에는 '블루홀'이라는 그림이 걸려 있다. 아이들이 커가면서 나는 하고 싶은 것이 점점 더 많아진다. 책은 더 많이 읽으려 노력한다.

　나는 논술 선생이다. 개미허리가 되든, 빌라에서 아파트로 이사를 하든, 나는 책 읽는 것을 손끝에서 놓지 않았다. 내가 잘한 것인지 못한 것인지는 모르겠다. 나는 늘 무엇인가를 배웠다.

　아이들에 치여도 내가 배워야 할 것을 악착같이 놓치지 않았던 것 같다. 그래서 내 삶이 더 치열했고 고달팠다. 아이들을 양육하면서 시를 공부했고 시집을 사서 읽었고 시를 썼다. 그리고 문학지를 통해 시인이 되었다. 또 스케치를 해오던 그림을 채색하면서 그림을 그리게 되었다. 그린 그림을 미술대전에 보냈더니 덜커덕 입선을 한 것이다. 소질이 있나? 아니 그리고 싶었다. 나는 그림을 그리거나 무엇인가를 하면 100개를 하는 습관이 있다. 고로 내가 그린 그림은 200점 가까이 된다. 배우지 않은 그림이라 아주 무식하게 양으로 많이 그려댔다.

　미술대전에 나가는 것마다 모두 입선을 했다. 대상이나 상금을 받진 못했지만 입선, 가작, 최우수상까지 받게 되었다. 인사동 단체전을 10번 넘게 했다. 내 그림이 터키 해외전에 다녀오기도 했다. 올해 6월에는 신촌에서 첫 개인전을 열었다.

지금 거실 소파 위에 걸려 있는 블루홀은 신미술대전에서 최우수상을 받은 그림이다.

나는 책을 읽고 공부하고 그림을 그리면서 어린 날에 못다 한 그림을 다시 시작했다는 것을 뒤늦게 알았다. 초등학교 3학년 때 교내 대회에서 그림 상을 받아서 칭찬을 받은 경험이 있었고 중학교 때는 캐릭터를 그리며 끼를 부렸던 기억도 있다. 고등학교, 대학교 때는 좋은 직장과 공부에 눌려 그림은커녕 공부도 절절매며 했다.

그런데 그림에 관한 에세이와 책을 다수로 읽으면서 그림의 오묘한 기능을 알았다고나 할까?

집안에 그림이 있는 삶과 그림이 없는 삶에 대하여 정리해본 적도 있다.

어떤 책인지 기억은 없지만 자신의 집에 그림을 걸어두는 자리가 있어, 봄 여름 가을 겨울 그림을 걸어놓는 사람이 쓴 글을 보고 느낀 것이 있었다.

그렇구나! 그림이 있는 삶은 아름다움을 아는 삶이구나!

우리집에는 내가 그린 그림이 여러 점 걸려 있다. 우선 거실에는 블루홀(생과 사가 혼재하는 공간), 합(정과 반이 만나면 좋은 합이 생긴다는 헤겔의 이론), 금어초 던지기(죽음 체험 후 생을 만끽하기), 성찬(빵과 포도주를 들고 있는 남자와 여자).

하와이 하나우마베이를 그린 그림은 우리집 현관을 안내한다.

곳곳에 걸려 있는 그림은 우리 가족을 위로한다.

거실에 100호 사이즈의 그림이 여러 색을 포함하여 어울려 있다.

인간은 찰나를 알아차려야 한다.

"아—멋지다." 숭고미를 느끼는 순간이다. 나를 압도하는 아름다움을 느낄 줄 아는 시간. 그것은 나를 잊는 일이다. 나를 잊고 내가 타자가 되는 체험이다. 나는 없어지고 타자와 내가 만나는 시간이 존재한다. 그것이 미술 작품이라고 생각한다. 고로 내가 네가 되고 네가 내가 된다. 너와 나는 하나다. 타인을 사랑하지 않을 수 없다는 묘함이다.

그렇다, 좋은 그림을 보면 '아—'하며 느끼는 순간이 있다. 숭고미! 나는 없어지고 타인인가 나인가 구분이 묘해지는 순간이 온다. 바로 그것이다.

그림의 기능은 나를 버리고 타인을 받아들이는 역할을 한다.

우리는 좋은 그림을 보며 살아야 한다.

나만 생각하는 아집에서 벗어나는 일은 좋은 그림을 보는 일이라고 생각한다.

찰나를 느낄 줄 아는 사람은 일상의 귀함도 안다. 그래서 작은 것의 소중함과 큰 것의 유용함과 사물에서 느끼는 미적 아름다움까지 소중하게 생각한다는 것이다.

여러분! 멋있는 그림, 마음에 드는 그림, 한 점 거실에 걸어놓고 싶은가요?

당신은 그림을 통해 이런 것들을 얻을 수 있다.

가족을 사랑하고 싶은가?

타인에게 너무 인색하다면? 그림을 걸어놓기를 추천한다.

색이 어울리지 않지만 어울리는 조화를!

나는 나를 파괴할 수 없다. 대신 그림이 내 마음을 파괴시킨다. 다시 재
조율을 시키는 역할을 그림의 색에게 맡기는 것이다. 이것이 그림의 기능
이다. 색의 효용성이라고 생각한다.

그림이 걸려 있는 집은 두 개의 자궁 속에 나를 머물게 하는 체험이다.
자궁은 재탄생의 공간이라고 했다. 그림과 그 그림의 색은 나를 파괴시키
기 위해 대신 있는 것이다. 재탄생의 그림 집인 셈이다.

이런 좋은 기능을 가진 그림이 있는 집!

당신의 거실에는 어떤 그림을 걸어놓고 싶은가?

집에 대한 철없던 삼십 대, 그림이 있는 집을 사랑하는 육십 대, 나는 지
금 너무도 평안하다.

물론 조금 여유로운 물질과 느긋함이 있겠지만, 그림을 그리고 매만지며
사랑하고 지내는 우리집이 너무도 좋다.

집이 좋아지기 시작한 지점, 그림을 걸어두기 시작한 지점의 초입에 공
교롭게도 책이 있다.

돈이 떨어져 파산 직전까지 갔지만, 손에서 놓지 않았던 책 덕분에 오늘
의 나와 내 집이 존재한다. 이제 나는 거실에 커다란 그림을 걸어놓고 즐길

줄 아는 우아한 중년이 되었다.

삼십 대, 그날 중에 집을 언제든 뛰쳐나가고 싶을 때가 많았다는 것, 정말 비밀이다!

02

그리기는
자궁이 다시 피어나는 것이다

나는 논술 선생이면서 시인이고 화가다. 내 그림은 아크릴화로 반추상화다. 학생들이 우리 논술학원에 오면 '왜? 그림이 있어요?', '왜? 캔버스가 있나요?'

학생들의 궁금증이 늘어난다. 하기야 내가 궁금한 선생님인 것은 맞다. 나이는 중년인데, 책은 만 권 이상 읽었고, 시를 쓰며 지금은 그림 전시를 한다는 등 전적이 화려하고 복잡하다. 요즘 나는 글과 그림 사이에서 아웃풋을 내고 있다. 나는 책 읽는 것만 좋아하는 사람인 줄 알았다. 책을 사고 읽고 하나, 둘, 내 지식이 늘어남과 동시에 내 자존감도 오르는 것 같아 기분이 좋아졌다. 내가 읽은 만 권의 책은 거저 읽게 된 것은 아니다. 책이 좋아서 읽었다기보다는 처음, 솔직하게 말하면 나의 독서는 밥벌이 독서였다. 생계를 위해 읽어야 하는 독서 말이다.

원래 책을 싫어하지는 않지만 이렇게까지 죽을 듯이 읽게 될 줄은 몰랐다. 아침에 일어나서 책을 읽었다. 낮에도 틈틈이 독서는 계속되었다. 가족들의 방해가 있어서(집안일을 안 함.) 카페로 숨어들어 읽었다. 주로 가던 곳은 파주에 있는 지지향이다. 예전에 그곳은 24시간 개방 공간이었다.

밤을 새워서 책을 읽어도 쫓아내지 않았던 공간으로 숨어들어 새벽까지 읽은 적이 수차례였다.

밥벌이로 시작한 독서는 권수를 더할수록 내 안에 나를 일으켜 세웠다. 책 덕분에 쓰러져 있던 자존감이 5년째인 모소 대나무처럼 하루에 30cm씩 죽죽 자랐다. 책은 나에게 밥도 주고 지식도 주고 자존감도 주었다. 나의 책 읽기는 시인이라는 직함을 주었고 화가라는 새로운 명함을 주었다.

나의 책 읽기가 어떻게 나를 그림 그리는 화가로 이끌었는지 궁금하실 듯하여 이야기를 해보고자 한다. 귀 기울여주시라. 많은 책을 읽다 보니 호불호가 생겼다. 내가 좋아하는 분야의 책이 생겼다는 이야기다. 특히 나는 그림책, 에세이를 좋아했다. 그래서 미술 에세이 책을 100권 이상, 어쩌면 200권 이상쯤 읽은 것 같다. 그 정도의 미술책을 읽다 보니 화가의 그림이 내게 말을 걸어왔다. 학생들에게 미술사 이야기를 해 줄 때 내 눈에서 레이저가 나갔다. 학생들이 재미있어하니, 또 다른 화가의 책을 읽고 그림을 설명해 주고 이미지를 보여 주었다. 그렇게 200권 이상의 미술 에세이를 섭렵하고 나서부터 이상한 일이 생겼다. 내 손이 그림을 그리기 시작했다.

첫 그림은 벌레였다. 파리와 모기 사이, 정체불명의 벌레를 밤새워 그렸다. 손이 잠깐 잠깐씩 마비가 올 정도로 몰입해 가며 벌레를 그렸다. 이제는 사람 머릿속에 벌레를 그려 넣었다. 사람들의 얼굴과 머리통에는 벌레가 채워졌다. 그것도 시들해지자 이제는 꽃병을 그렸다. 꽃병 속에 벌레를 그렸다. 내가 그린 벌레를 모두 세어본다면 얼마나 될까?

A4 용지에 그린 벌레 그림을 책으로 묶어났다. 대단했다. 예뻤던 벌레가 징그러워졌다. 벌레 그리기는 멈췄다. 나는 벌레를, 그리고 꽃을 그렸다.

꽃을 그리면서 내 마음에도 꽃을 피웠다. 꽃은 자궁, 자궁이 피어나는 듯 카타르시스가 느껴졌다. 지금도 나는 그림을 그릴 때는 몰입을 한다. 내 몸의 꽃을 피운다. 아름다운 꽃을 그려놓고 나는 유혹을 꿈꾼다. 나의 그림은 벌레의 유혹이다. 그림이 완성될수록 향기가 퍼져나간다. 퍼져나간 향기는 벌레를 모은다. 벌레는 나비가 되고 나도 나비가 되어 다시 꽃을 찾아 난다. 그림 그리기는 내 안에 꽃을 피우는 무한 반복의 일이다.

"선생님 그림은 색이 너무 예뻐요."

"그러니. 고마워."

요즘 가장 많이 듣는 내 그림에 대한 칭찬이다. 황송하다. 아마추어 그림에 대한 칭찬이 쑥스럽다. 나는 여기에 더해 카페에서 첫 개인전을 시작으로 두 번째 개인전을 하고 있다. 아담한 카페를 빌려 내 작품을 20개 정도 전시, 판매하고 있다. 기분이 묘하다. 내 그림에 나비가 많이 날아들 것 같다. 내 그림은 향기를 뿜고 있으니까? 논술 수업 시간을 제외하고 시간을 쪼개 그림을 그린다.

캔버스 앞에 앉으면 내가 피어난다. 색을 선택하고 색칠을 하면 봉오리가 열린다. 다시 들여다보면 꽃잎이 피어난다. 하나둘 꽃잎이 열리면 내 몸도 열린다. 생명이 탄생하듯 꽃 자궁이 열린다. 그림 그리기는 자궁이 피어나는 것이다. 생명이 잉태되는 것이다.

03

그림책은 못다 핀 꽃 한 송이

나는 책 선생이어서 서점에 자주 간다. 한 달에 2~3번, 또는 매주 광화문 교보문고에 가고, 그와 비슷한 횟수만큼은, 파주의 작은 서점으로 간다. 교보문고에 가서 하는 일은 새로 나온 책들을 서핑하고 각 분야의 책들과 스테디셀러를 고르는 일이다. 이렇게 고른 책들은 우리 논술 중고등학생들의 월간 독서 목록이 된다.(작은 서점에 가서는 마니아적인 책을 고른다.) 너무 앞서지도, 너무 뒤처지지도 않게 독서 계획을 세우려면 대형 서점과 작은 서점을 고루 방문해야 한다.

그러면서도 교보문고를 특별히 좋아하는 이유는 어린이 그림책 코너 때문이다. 내 책을 고르고 나면 꼭 그곳으로 향한다. 남들 눈에는 손자, 손녀 그림책을 고르는 젊은 할머니로 보일 수도 있겠다. 하지만, 나는 그곳에서 오롯이 나를 위한다. 캐릭터가 그려진 색색의 옷을 입고 누워있는 또는 세워져 있는 그림책을 보면 내 마음속에 꽃송이가 피어난다. 책 표지를 손으로 살며시 쓸어보고 다시 쓸어본다. 책장을 넘겨 그림과 글을 읽노라면 나는 어린 날의 백설 공주가 되기도 하고 난쟁이의 친구가 되기도 한다. 할미로 가장한 왕비가 되어 독사과를 들기도 한다. 그림책은 할미가 다 된 내게 꿈을 준다.

스토리는 또 어떤가. 그림과 이어진 이야기를 읽다 보면 풋풋 웃음이 새어 나온다. 어찌 이런 그림과 스토리를 연결했을까? 그림도 다정하고 이야기도 세련되고 구수하다. 그림책은 내게 함박꽃을 선물한다. 특히 그림책에서 느껴지는 심리는 나를 더 홀릭 시킨다. 그 얇은 그림책에 열 길 물속보다 더 깊은 사람의 심리가 숨어 있다.

숨은 심리를 끄집어내는 일은 그림책 속에 든 보석을 캐내는 일처럼 뿌듯하다. 부자가 된 듯한 느낌이다. 할 수만 있다면 맘에 드는 그림책을 한 아름 사서 집으로 들고 오고 싶을 뿐이다. 책을 놓을 공간도 한정되어 있고, 돈도 한정되어 있으니, 아쉬운 마음에 그림책 2권쯤을 바구니에 담는다. 나도 언젠가는 재미있는 나만의 그림책을 출판할 것이다. 다짐도 함께 담아둔다.

시간이 없다. 발걸음을 크게 하고 미술 코너로 간다. 미술 코너도 그림이다. 또 색이다. 미술 에세이는 픽션이 있는 책이다. 도대체 나란 사람은 왜 그리도 그림을 좋아하는지! 색에 대한 탐욕이 무궁하다. 그림에 욕심이 지나치다. 그림책도 사고 싶고, 미술책도 보는 족족 다 사고 싶다. 내 마음은 채워지지 않는 블랙홀이다. 그림책에 숨어 있는 저자의 시선에 따라 그림과 스토리가 미묘하게 달라지는 것을 즐기는 탐미주의자, 김작가, 나!

아마도 프로이트 선생이 내 행동을 본다면? 당신은 성적으로 이러이러하다고 하겠지? "풀지 못한 어린 날이 있으니, 이렇게 하시오. 저렇게 하시오. 무의식을 들여다보시오." 그럴 것이다.

구스타프 융 선생은 자신을 들여다보며 만다라를 그리라 할 것이고 트라우마에 대하여 귀가 따갑도록 설명을 할 것 같다. '두 선생님들 다 좋습니다. 좋고요.' 말하며 나는 헤겔 선생의 정반합을 향해 갈 것이다. 내게는 반을 받아들이는 DNA가 흐르기 때문이다. 새로운 것 받아들이기를 즐긴다. 내게는 그림책을 탐미하는 것 또한 '새로운 반'을 받아들이는 연장선이다.

사람들은 줄글만 책 읽기라 생각할 수도 있다. 그러나 나는 아니라고 생각한다. 그림책 속에는 두꺼운 책이나 어려운 입문서에서 느낄 수 없는 감성, 철학 또는 깊은 심리가 아주 쉽게 포진되어 있다는 것을 알고 나면 당신도 달라질 것이다. 그것을 한 번 경험한 사람들은 곧 그림책 마니아가 되기도 한다. 일본의 그림책 시장은 크다. 우리나라와는 비교가 안 된다고 한다. 인구가 줄고 고령화가 진행 중인 일본에 어떻게 그림책 시장이 왕성한가? 그것은 어른 마니아들 덕분이란다. 그림책이 출판되면 어린이들뿐만 아니라 그림책 어른 마니아들이 그 책을 읽고 소장한다고 한다. 참 아름다운 마음들이다. 그 나라의 그림책이 국내에서 모두 소비된다는 것은 얼마나 근사한 일인가? 일본 여행 때마다 서점에 들러 그림책 몇 권씩은 사 오지만 마음에 흡족하지 않다. 그림책을 사랑하는 사람들이 많아져서 내 마음속에 더 많은 꽃송이가 자꾸 피어났으면 좋겠다.

못다 핀 꽃송이들이 그림책 속에서 아우성이다. '나 좀 건드려주세요.', '읽어주세요.', '그려주세요.' 나는 그림책 마니아. 책에 미친 사람일까? 오늘도 질문하며 나의 벙커에 숨어 아껴두었던 그림책을 펼친다. 일본 우에노 동물원에서 산 동물 그림책이다. 꽃이 피어난다.

04

색,
나를 미치게 하는 것에 대하여

삼십 대 젊은 날, 나는 누구보다도 성공하고 싶었다. 할아버지, 할머니, 삼촌들, 오빠, 그리고 동생들, 9명의 가족들이 사는 집은 늘 분주하고 지루했다. 내 공간은 어디에도 없었다. 나 홀로 있을 시간이 없었다. 농사일을 하는 엄마를 도와야 했고 어린 동생들을 보살펴야 했다. 여름은 너무도 덥고 따가웠다. 가을은 단풍이 들었지만 왠지 외로웠고 겨울은 적막했다. 높은 산 아래 우리집이 난 너무도 싫었다.(지금 보니 얕은 산이다.) 얼른 이 복잡하고 미묘한 집에서 탈출하고 싶었다. 그래도 어린 날은 지나갔다. 중학교 고등학교를 졸업했고 대학에 들어갔고 나는 어른이 되어갔다.

꼭 성공하고 싶은 날이 있었다. 그날도 나는 작은 도시의 책방을 기웃거리며 책을 고르고 있었다. 이책 저책을 뒤적거리며 성공이란 단어를 찾아 서성거렸다. 에디슨도 아니면서 그 책방에 있는 책을 다 읽고 싶은 충동을 느낄 만큼 나는 성공하고 싶었다. 크고 싶었다. 책을 여러 권 사서 읽고 싶었지만 가진 돈이 적었다. 내가 가진 돈은 책 2권 정도를 사면 족할 돈이었다. 이때, 자기 계발서 쪽에서 무언가를 발견했다.

『튀는 색깔이 뜨는 인생을 만든』, 김민경, 명진출판사.

책을 사든 나의 다리가 너무도 가벼웠다. 얼른 집으로 돌아가 읽고 싶은 성공의 책은 나에게 '색깔 있는 여자가 성공'이라는 이미지를 심어 주었다. 내가 힘들어하던 그 시절, 무채색과 지루함을 한 번에 날려줄 책이 이렇게 동네 책방에서 내 손으로 들어왔다.

'색깔을 사랑하라, 그러면 곧 성공한다.'

그동안 안동 김씨라는 가문에 붙들려 입었던 검정과 흰색의 옷을 벗어버리고 이제부터는 채색 옷, 색깔 있는 옷을 입게 된 계기가 이 책이었다.

'꼭 색깔 있는 옷을 입고 성공할 것이야!'

나는 노랑 옷과 빨강 옷과 초록 옷을 입고 출근을 하기 시작했다. 어쩌다 동네에서 동창들을 만나면 '빨강색 촌스럽지 않니?', '연두 바바리가 뭐니?' 친구들의 비웃음도 모른 척, 나는 용감하게 색깔 옷을 입고 다녔다.

그러거나 말거나 나는 색깔 있는 여자가 되기 위해 주로 원색의 옷을 입고 다녔다. 고상함과는 거리가 먼 촌스러움의 극치를 달렸다고나 할까? 나의 색, 나를 들뜨게 하고 미치게 했던 색깔은 이렇게 나의 성공하고 싶은 욕망에서 시작되었다.

우리집은 막 호롱불에서 전등이 들어와 있었다. 그러나 시골의 지루함은 나를 나른하게 했고 더 침울하게 했다. 나의 집은 화려한 색과는 거리가 먼 곳이었다. 할머니, 할아버지, 삼촌들, 오빠, 무엇하나 상큼한 것이 없었다. 나는 이 따분한 곳을 떠나려고 적은 용돈을 꼬깃거리며 모았다. 15,000원이 생기면 130번 버스를 타고 광화문 교보에 있던 아트박스로 갔다.

나는 왜 색을 좋아하는 걸까?

지금 생각해보면 그 지루하던 집, 싸움과 전쟁 같은 농사일이 지겹고 싫었다. 대가족과 시간이 멈춰있던 그 집을 탈출하고 싶었다. 그래서 나는 색을 찾았다. 지루함에서 벗어나기 위해서 말이다. 지금도 나는 색을 사랑한다.

특히 음식 솜씨가 없는 내가 잘 할 수 있는 것은 예쁜 그릇에 음식을 담아내는 것이다. 빨강과 노랑 그리고 민트색 접시와 주황 밥공기를 세팅하며 즐긴다.

색은 나의 처음이자 마지막이다.
그렇다고 시골의 색이 하나도 없던 것은 아니다. 이른 봄이면 연두색으로 올라오던 새싹들과 분홍 진달래꽃, 그리고 마당 둔덕에 늘어진 노란 개나리는 잊지 못할 어린 날의 색이다. 여름에 비 온 다음 날, 피어나던 주황 나리꽃을 나는 좋아했다. 어쩌다 보라 제비꽃을 발견하거나 하얀 냉이꽃을 발견하면 한참을 그 꽃 앞에 코를 들이밀고 색을 바라보았던 기억이 있다.

　이제 색을 떠나서는 살 수 없다.

　요즘도 책을 사러 교보문고에 간다. 책은 물론이고 꼭 가는 곳이 있다 문구 코너이다. 캐릭터와 색깔을 찾아 두리번거리며 물건을 고른다. 딱 내 맘에 맞는 색과 물건을 구입한 날은 기분이 좋아져 하루 동안의 피로를 모두 날려버린다.

　색은 내 마음의 병도 고쳐주는 것이 되었다.

음식을 못 하는 대신
그릇 보는 눈은 있거든요

요즘은 음식을 맛깔스럽게 요리해서 내놓는 사람이 가장 부럽다. 우리 가족만 살 때는 자기 음식은 자기가 알아서 먹었다. 먹고 싶은 요리는 각자 알아서 해 먹거나 배달, 또는 알아서 먹는 룰이 우리집에 보이지 않게 있었다. 그래서 나는 음식 못 하는 것에 대해 큰 스트레스 없이 살았다.

'아내가 바깥일을 하니 내가 해 먹어야지!'

'엄마는 논술 학원으로 바쁘잖아. 내가 알아서 먹을게.'

우리 가족이 음식에 대해 주로 나누는 대화다. 나도 별 어려움 없이 김치찌개 정도는 할 수 있고 계란후라이 정도는 한다.(사실 잡채에 들어가는 지단 부치기는 고난이도다. 난 못 한다.) 그릇도 적당한 것을 사서 나름 예쁘게 차려 먹었다. 조촐한 밥상에 가끔 남편이 해주는 별미, 돼지갈비 또는 미역국을 맛있게 먹었다.

이런 평화로웠던 집에 아들이 결혼하면서 음식에 대한 걱정이 생겼다. 아무리 그냥저냥 먹는다고 해도 시어머니라는 사람이 음식을 너무 못 하니 면이 서지 않는다. 요리 학원을 다녀야 하나? 고민할 정도다. 사실 계란말이도 나는 못 한다. 계란말이를 하려면 진득하니 불 옆에 붙어서 지켜봐야 하고 차분하게 뒤집기를 해야 하는데, 나는 불 앞에 있는 그 찰나를 견디지 못한다. 갑자기 내일 가르쳐야 할 책 생각에 안방으로 가서 책을 꺼내 온다. 다이닝 책상에서 잠깐 책을 뒤적였다. '아차, 벌써 계란은?', '타거나 말거나.', '아아아, 또 실패다.' 이런 시어머니가 할 수 있는 요리는 거의 없다. 전무한 것이 맞다.

다행스러운 것은 오래 전에 이민 계획이 있어 남편이 요리를 배웠다는 것. 종로3가에 있는 요리 학원을 다니며 자격증 시험을 봤다. 당시 캐나다 이민은 요리사 자격증이 꼭 필요했다. 그 말에 요리를 배웠다. 결국 이민은 못 가고 아들만 뉴질랜드로 유학을 보냈다. 그런데 그때 배운 요리가 우리 며느리에게 인기다. '아버님 음식 맛있다고' 한다. 가끔 계란말이도 옆에서 배운다. 나는 컴퓨터를 하거나 글을 쓴다.(사실 그 시간에 바쁜 척하는 것이다.) 다 알겠지만.

음식에 대한 것을 고민하다 내가 생각해낸 방법은 예쁜 그릇을 사서 세팅을 잘하는 것이었다. 르쿠르제 그릇을 사서 모았다. 왜냐하면 르쿠르제가 색깔이 예뻐서. 철없는 시어머니일까요? 되도록이면 알록달록한 것으로 '그래 이 시어머니는 컬러 그릇으로 승부하겠어.' 하면서 누가 시합을 요청한 것도 아닌데 혼자 그릇을 사서 모으기 시작했다. 두 상차림을 위한 그릇이 마련되었다. 이제 음식만 배우면 된다.

나는 안 하던 앞치마도 사서 예쁘게 차려입고 음식을 만드네, 밥을 하네, 한마디로 법석을 떨며 음식을 만들었지만 내가 먹어도 너무 맛이 없다. 왜 하필 오이가 쓴 건지? 오이를 무쳐놓으면 쓰다. 짠지를 무쳐놓으면 너무

짜다. 멸치를 볶아 놓으면 너무 달다. '젠장, 못해 먹겠다.', '나 음식 안 해.' 그냥 당신이 해서 먹읍시다.

그래도 시어머니 이름을 좀 남기고 싶어. 르쿠르제 노란 컵과 빨간 컵, 파란 컵을 준비했다가 밥을 다 먹고 난 후식 시간에 찻잔으로 내어놓는다. 근사하다. 이렇게 음식은 못 하지만 세팅을 좀 하는 시어머니가 바로 나다. 며늘아, 시어머니의 노력을 좀 알아봐 주라. 흥! 색깔 마니아, 색 테라피스트인 나는 주로 간식이나 후식에 어울리는 상차림을 한다. 이것으로 만족한다.

나는 방금 버무린 잡채를 먹음직스럽게 한 접시 내어놓는 남들의 손길이 부러운 1인이다. 내가 속해 있는 블로그에는 음식 블로그가 여러 명이다. 어쩜 예쁘고 맛깔스러운 음식을 해서 그것도 사진을 잘 찍어 블로그 한 상을 차려놓는지! 볼 때마다 부러워 죽겠다. 부러우면 따라 하세요. 따라 하기엔 손맛이 부족해도 너무 부족하다. 인정한다.

나는 며느리에게 음식 맛으로 잘 보이기는 틀렸다. 나 하던 대로 세팅하고 후식과 티타임이나 잘 챙기는 웃기는 시어머니로 남으련다.

5

그리스 로마 신화에서
삶을 배우다

01

응, 선생님도 바람 좀 피웠어!

바람이 났다. 젖소 부인 바람난 것이 아니라 중년 부인, 바람이 났다. 글쓰기에 몰입하던 내가 30꼭지의 글을 넘기고 기어코 바람이 났다. 은근한 좌절감이 일었다. 자판기와 마우스를 밀었다. 멀리 밀어버렸다.

'내가 지금 뭐 하고 있는 거야.'

'이렇게 쓰면 팔릴까?'

'지금 내가 잘 하는 거야?'

마음 저 깊숙한 곳에서 좌절감이 몽골몽골 피어올랐다. 나는 마우스를 버린 손으로 붓을 잡았다. 100호 캔버스가 나를 반겼다. '어서 오세요. 주인님.' 알라딘의 지니가 나를 환대했다. 캔버스 위에 하얀 젯소를 칠했다. '박, 박.' 그것도 세 번이나 칠했다. 하얀 캔버스에 젯소는 보이지 않는 하양이다. 티도 안 난다. 나는 이렇게 글에서 그림으로 바람을 피웠다. 내 딴엔 살짝이다.

지금 본처는 글인데, 글에 전념하고 글만 바라봐야 하는데 그림이라는 색깔 첩에 손을 댔다. 글을 키워야 하는 나, 바람기 많은 제우스처럼 덜커덕 황금비로 변해 다나에를 임신시켰다. 아들 테세우스는 미궁으로 들어가

미노타우로스를 죽이고 아테네 젊은이들을 구할 것이다. 물론 테세우스는 예정치 못한 곳에서 어여쁜 아리아드네를 만났다. 축복이다.

100호는 흰색을 넘어 짙은 민트색을 입었다. 민트색을 칠하고 색이 너무 파래서 눈이 시렸다. 하와이 하나우마베이 바닷가 색이어서 풍덩 뛰어들고 싶었다. 꾹, 꾹 참아가며 노랑꽃을 그렸다. 캔버스의 반 이상을 차지하는 커다란 꽃을 그렸다. 문밖에서 나를 애타게 기다리던 꽃이었다. 노란 꽃이었다. 내가 가지고 있던 노랑 계열의 색 중에 가장 짙은 노랑색을 골랐다. 황진이가 입었을 노랑을. 나는 글을 쓰다가 캔버스와 바람피우는 중년 부인.

'바람은 아무나 피나.', '바람은 나 같은 예술쟁이가 피는 거지.' 혼자 중얼거린다.

"어? 선생님, 그림 그리시네요?" 학생의 말이다. 요즘 짬이 나면 글을 쓰던 내 모습을 봐 온 학생의 말은 정확했다.

"응, 선생님도 바람 좀 피웠어."

"너도 공부하기 힘들 때 잠시 다른 거 해도 돼."

"그래도 안 죽어."

바람기를 학생에게 슥 밀어주었다. 보티첼리의 서풍신 제피로스처럼 말이다. 굳었던 학생의 얼굴에 화색이 돈다. 말만 그렇게 해줘도 좋은가 보다. 학생들이 공부 말고 바람피울 수 있는 힐링 놀잇감이나 그런 장소가 있었으면 한다. 학생들의 모습이 안타까울 때가 종종 있다.

우리가 살아가려면 루틴, 질서, 인내 모두가 필요하다. 그러나 때로는 하던 일에서 물러나 먼 곳에서 내 모습을 바라보는 관조가 필요하다.

"응! 저 모습이었구나!"

"아, 이제 이쪽으로 키를 잡아야 하네!"

자신의 모습만 바라보면 성장이 없다고 생각한다. 때로는 하던 일에서 벗어나 다른 일로 일탈을 해보는 것도 좋지 않을까? 생각한다. 나처럼. 나는 핑계 여왕이다. 글 쓰다가 좌절감에 빠져서 바람을 피웠으면서. 다른 곳에서 나를 봐야 성장한다는 핑계 아닌 절대 이유를 이렇게 천연스럽게 붙이는 거 보니, 나 글쟁이 맞다. 바람은 점점 심해간다. 황진이의 노랑 저고리를 입고 나를 기다리는 선비를 찾아 외딴 계곡으로 숨고 싶다. 나풀나풀 나비가 되어 날아가고 싶다. 바람 타고 날고 싶다. 이참에 황진이가 안고 싶어 하던 화담 서경덕을 찾을까 보다. 바람은 골짜기를 돌고 있다.

내 노트북의 글 꼭지는 36에서 멈춰 있다. 50꼭지를 쓰고 쉼을 가지려 했다. 내 인내가 바닥을 보였다. '에고고' 한 번 떨어진 좌절감은 오를 줄 모른다. 100호 캔버스는 바다 가운데 노란 꽃을 피워내고 있다. 내가 피운 바람의 값이다. 어여쁘다. 36꼭지도 사랑스럽고 노랑꽃도 좋다. 37꼭지부터는 바람에 대한 글을 써 보고 싶다.

세상에 바람 아닌 것이 없다. 종이책을 쓰는 일도 논술 선생님의 바람기였다. 학생들을 가르치다가 글쓰기를 지도하다가, 시평 지도를 하다가 어느 날부터 선생인 내가 시를 쓰고 글을 쓰는 것, 이것도 바람이다. 이 바람을 좋게 표현하면 뮤즈라 하고 싶다. 내 곁에는 여러 종류의 뮤즈들이 포진해 있다. 책과 시, 그림, 음악(나는 교회 2부 찬양대 메조 소프라노 파트를 20년 넘게 하고 있다.) 인테리어, 여행, 요리 접시 세팅 디자인! 책을 읽으면 그림이 그리고 싶고 뜨개질도 하고 싶다. 내 속에는 못 말리는 바람기가 있다.

"바람 좀 났다고 글이 어찌 되는 것은 아니겠지?"

나의 바람이 여기서 멈추기를 기다려본다. 글쓰기 꼭지 50을 채워야지! 다짐해 보지만 쉽게 붓을 내려놓기 힘들다. 나는 캔버스 앞에 있다.

02

판도라 상자를 드릴게요,
희망을 잡으세요

커다란 리본이 달린 선물상자를 받고 열어보지 않을 사람이 어디 있을까?
나는 1초도 망설임 없이 리본을 풀고 상자를 열어 선물을 확인할 것이다.
난 궁금증을 로켓의 속도만큼 빨리 풀어야 한다. 그리스 로마 신화에 나오
는 에피메테우스도 성정이 나만큼 급한 사람이었나 보다. 제우스가 벌로
보낸 판도라 상자를 망설임 없이 열었다. 거기서 나온 온갖 감정이 모두 인
간에게 있게 됐다. 기쁨, 즐거움, 웃음, 좋은 것만 나왔으면 좋으련만 미움,
시기, 질투, 두려움, 불안, 안 좋은 감정들도 섞여 나왔다. 에피메테우스가
상자 뚜껑을 겨우 닫아 남긴 것은 희망이다. 희망, HOPE!

'나에게 희망이 없었다면', '어떻게 그 힘든 시기를 이겨냈을까?'

마음에 어둠이 깔린다. 첫딸을 낳고 아들을 낳았다. 원하던 출산이어서
너무 기대되고 기쁠 수밖에 없었다. 그런데 아들이 태어나는 날, 절망이 왔
다. 아이가 울지를 않는다. 숨을 못 쉰다. 곧 어찌 될 수 있다. 아주 병원이
소란스러웠다. 제왕절개를 하고 혼수상태에 빠져있던 내게도 간호사와 남
편, 엄마의 목소리가 간간이 들려왔다. 불안했지만 곧 정신이 빠져나갔다.
2~3일 혼란스러운 정신을 극복했다. 몹시 두렵고 떨렸다. 아이는 다른 큰

병원으로 이송되고 새로 산 파란 이불과 작은 베개만 남았다. 빈 요를 쓸어 보았다. 아무것도 잡히지 않았다. 눈물이 났지만 꾸욱 참았다.

　'아들은 어찌 됐을까?' 그 절망감이란 말도 다 할 수 없는 슬픔 덩이였다. 아이는 큰 병원으로 가서 인큐베이터에 들어갔다고 했다. 1주일 후에나 면 회가 된다고 했다. 내가 할 수 있는 것은 절망을 보내고 희망을 가지는 거 였다. 지금도 크리스찬이지만 그때만큼 간절히 기도한 적은 없다. 아들을 살려달라고 기도했다. 암울해지면. 다시 기도했다. 살려주세요. 그때 문득 판도라 상자가 생각났다. 나는 그 당시도 학원 선생님 일을 했다.

　'희망을 갖자.', '내가 아이들에게 읽어 주는 동화책에도 있잖아.'

　'꼭 우리 아들은 살 것이다. 건강하게 살아날 거야.'

　매일 기도했다.

　'주신 이도 하나님, 취할 이도 하나님.'이란 성경 구절을 외우면서 기도했다.

　나의 기도에 감흥했는지, 판도라 상자에 남아 있던 희망 덕분인지, 아니 면 둘 다의 덕분인지, 아들은 한 달간의 인큐베이터 생활을 견디고 살아남 았다. 초등 6학년까지 병원 신세를 많이 졌다. 다리가 너무 가늘어서 쫄바 지를 입히지 못할 정도였다. 중학 3학년 때 뉴질랜드로 유학을 보냈다. 뉴 질랜드에서 고등학교를 다니면서 아이는 다행스럽게 건강하게 지냈다. 아 이는 점점 컸고 유학을 마치고 와서부터는 좀 살집이 붙었다. 아이는 한국 에 돌아와 신학을 전공했고 목회의 길을 간다.

　지금도 그리스 로마 신화에 나오는 판도라 상자를 읽게 되면 아들의 인 큐베이터와 절망스럽던 생각을 지을 수 없다. 그렇다. 인간에게 희망이 없 다면 얼마나 암울할까? 생각해본다.

요즘 교권이 무너져 안타까운 일들이 생긴다. 학교에서는 학교폭력위원회가 자주 열린다. 학생들은 숫자에 예민하고 세상은 묻지마 사건으로 불안하다. 인간이 사악해졌다고 말한다. 극심한 이기주의는 타인을 배려하지 못한다. 아니, 안 한다. 그러나 우리는 희망을 잃으면 안 된다.

'이 세상에 아이가 태어나는 것은 희망이 있어서다.'라는 글을 본 적이 있다. 미리 좌절하고 절망하기보다는 희망을 가져야 한다. 마음속 상자에 희망이란 놈을 꼭 잡고 있으면 좋은 일이 자꾸 생긴다는 것을 믿어야 한다. 내가 아들의 절망 앞에서 희망을 잃지 않았던 것처럼. 누군가 절망에 빠져 있다면 그리스 로마의 판도라 상자를 선물해 주고 싶다. "이걸 받아요. 희망이 있어요. 절망을 날려 보내고 희망을 안아요."라고 말하면서.

그림책에 나왔던 보라색 판도라 상자가 아른거린다. 판도라 여신이 미소를 짓는다.

희망! 희망. 우리에겐 희망이 있답니다.

03

깃대에 나를 묶어다오

모험 이야기를 하려면 오디세우스를 빼놓을 수 없다. 그는 트로이 전쟁에서 신의 미움을 받아 곧장 집으로 돌아가지 못하고 10년 동안 바다를 항해하게 된다. 강산도 바뀐다는 10년인데 그것도 바다에서 얼마나 많은 일들이 있었을까. 오디세우스는 죽음에 처하기도 하고 부하들을 살리기도 하면서 '영웅 오디세우스'가 되어 자기의 고향 이타케로 간다. 마침내 아내 페넬로페와 아들 텔레마코스와 함께 행복하게 살았다는 이야기다. 아는 사람은 다 아는 식상한 이야기일 수 있다.

그러나 나는 오디세우스가 세이렌의 노랫소리를 들으려고 자신의 몸을 깃대에 묶게 했던 그 장면을 좋아한다. 위기를 모면하는 것이 목적이었다면, 부하들처럼 귀를 막아도 충분했다. 하지만 그는 진정 모험을 즐길 줄 아는 사람이었던 것이다. 궁금한 것은 어떻게든 보고, 듣고 말겠다는 모험이자 탐닉. 자신의 몸을 깃대에 묶어가면서까지 세이렌의 치명적인 노래를 듣고 싶어 했던 그의 순수한 열정이 좋다.

어른이 되면 모험심은 점점 사라진다. 순전히 재미와 호기심을 위하기에는 걱정되는 것들이 너무 많다. 그래서 결국 보장된 안전을 선택하게 된다.

그러니 가장 순수한 모험을 할 수 있던 시절은 어린 시절일 수밖에.

나의 모험은 어릴 때로 돌아간다. 어린 날 겨울, 논에 얼음이 얼면 우리는 칼날이 두 개인 썰매와 칼날이 하나인 썰매를 타며 놀았다. 두 날 달린 썰매는 주로 여자애들이 타고 한쪽 썰매는 남자들이나 오빠들이 탔다. 나는 두 쪽 썰매가 너무 시시했다. 안전하기는 했지만 썰매의 속도는 긴장감이 없어 싫었다. 어떻게 하면 한쪽 썰매를 탈까? 궁리하다 오빠들의 잔심부름까지 해가며 한쪽 썰매를 얻어 탔다. 처음에는 중심 잡기가 힘들었다. 대신 중심만 잡으면 간당간당거리다가 슝슝 달리는데 그 속도가 장난이 아니었다. 빠른 속도에 넘어지기도 했지만 그 스릴을 맛보려고 한쪽 썰매를 주로 탔다.

여자아이들이 하는 고무줄놀이나 삔치기 놀이는 너무 시시했다. 오빠들이 하는 구슬치기, 비석치기 또는 자치기 놀이가 난 좋았다. 구슬치기는 정확한 겨냥이 필요했다. 중심이 생명이었다. 구슬을 맞추는 순간은 짜릿했고, 구슬을 따서 묵직해진 주머니는 자랑스러웠다. 지금도 나는 문방구에서 구슬 꾸러미에 자주 손이 간다.

자치기라는 놀이는 작은 막대기를 지렛대를 이용해 멀리 치는 놀이였다. 몸의 중심을 잘 잡고 나무의 세워진 부분을 세게 치면 멀리 날아갔다. 그것은 골프에서 드라이브로 공을 날릴 때의 기분과 같다. 여자아이들은 기피하던 놀이가 난 너무 재미있었다. 이런 모험심이 필요한 까다로운 놀이를 좋아했던 기억 덕분인지 커서도 무엇에 도전하는 것을 두려워하지 않는다. 한국사 자격증 따기라든지, 한자 급수 따기라든지, 모험 삼아 준비해서 취득할 수 있었다. 이런 모험심은 내 삶의 질을 높여주었다. 내가 우아한 중년으로 살고 있는 팔 할은 나의 모험심 덕분이다.

강릉 주문진 바닷가에 '루나 하우스'를 만든 것도 모험심이 있어 가능한 일이다. 이곳은 나의 세컨하우스이자, 게스트 하우스로 새롭게 시작한 파이프라인이다. 나와 같이 똑같은 공간 임대 수업을 들은 사람들이 어림잡아 백 명은 되었다. 모두들 고개를 끄덕이며 경청했다. 나중에 알았지만, 실행자는 딱 나 한 사람이었다. 그것도 게스트 하우스 매입에서 첫 운영까지 한 달 만에 이루어진 일이다.

그 하우스를 위해 이것저것 준비하는 과정에서도 내 몸에 좋은 모험 엔돌핀을 수혈받았다. 누군가는 귀찮고 어려운 일이라고 생각할지 모르지만 나에게는 그 모든 것이 모험이었다. 에너지를 쏟아내며 마치 소꿉놀이를 하는 듯이 그 모든 과정을 즐겼다. 루나 하우스는 사랑스럽게 또 지적으로 꾸며져서 게스트들의 사랑을 많이 받는다. 게스트가 퇴실하면 청소를 하든, 빨래방을 가든, 모험심을 사랑하는 나에게는 모든 게 즐겁다.

이번에도 또 새로운 모험을 준비 중이다. 컨테이너 농막과 비닐하우스 원예다. 컨테이너는 내 화실 도구와 농사를 지을 때 쓸 농기구를 준비할 것이다. 비닐하우스에는 장미 묘목을 키울 것이다. 모란꽃 300그루를 심어 시인들을 초대했던 김영랑 시인처럼. 그렇게 농막과 비닐하우스를 마련하고 싶다.

'아니 그걸 왜 해? 힘들게.', '그 나이에 편하게 살아.', '인생 별거 없어. 놀아 놀자구.' 이렇게 말하는 지인들도 있다. 그러나 나는 목숨이 붙어 있는 한 뭐든 해 볼 것이다. 모험의 영역이 나를 살아가게 하기 때문이다. 오디세우스는 키르케와 몇 년을 함께 살았다. 그러나 자신이 고향을 그리워졌다. 키르케는 자기 고향 이타케를 잊지 못하는 오디세우스를 이타케로 보내준다. 현재에 안주하지 않고, 꿈꾸는 고향을 향해 떠났던 오디세우스는 모험을 통해 진정한 영웅이 되었음을 입증한다. 나는 입증까지 원하는 것은 아니다. 그냥 내가 살아가는 그 프로그램 중에 모험이란 과목을 추가해 살아갈 뿐이다.

컨테이너 농막과 비닐하우스 원예를 생각하면 오디세우스가 된 듯 설렌다. 세이렌의 유혹이 무서워 부하들처럼 귀를 막고 벌벌 떨던 것이 아니라 당당하게 '깃대에 나를 묶어다오.' 명령했던 오디세우스. 깃대에 묶여서라도 세이렌의 노랫소리를 듣고 싶어 하던 오디세우스처럼 우아한 중년 부인, 나, 유혹의 노랫소리를 듣기 위해 깃대에 묶이고 싶다.

중년의 모험은 더 즐겁다.

04

헤르메스여, 나팔을 불라

아카이브란 말이 있다. 기록물이란 뜻이다. '나의 기록물을 한 권으로 묶는다는 것은 어떤 느낌일까? 멋진 일이겠지!' 그동안 내가 살기 위해 애썼던 것들을 모아놓고 좋았던 것들을 기록하고 블로그를 통해 이루었던 브랜딩을 정리해본다. 내가 이뤄낸 일들이나 200편의 시라든지, 30편의 비평서라든지, 아크릴화 전시작들을 모아 나만의 아카이브를 완성하고 싶다. 지금도 읽고 있는 한 권 한 권의 기록들도 부피가 있다. 산재해 있다. 무형과 유형으로. 이런 아카이브를 세련되게 묶을 방법을 연구하는 중이다.

'나에게 헤르메스를 불러다오.' 심부름의 신인 헤르메스가 필요하다. 이런저런 기록물을 모으려면 그리스 신화의 헤르메스가 나의 심부름 신이 되어야 한다. 헤르메스는 제우스의 아들로 심부름과 도둑의 신이다. 탄생도 알려주지만 죽음도 알려주는 신이다. 헤르메스를 아들 삼아 이것도 가져오게 하고, 저것도 가져오게 하고, 이 부분은 탄생을 시키고, 저 부분은 버리는 통합 해체 작업을 해야 한다.

헤르메스는 도둑의 신. 뺏고, 넣고, 훔치고, 채우고, 신나게 제우스의 명령을 시행할 것 같다. 지금까지 내가 살아오면서 일궈 낸 흔적들이 산재해 있다. 헤르메스를 불러 찾아오고 기록하고 감추고 보존하고 모으는 작업을 시키고 싶다. 헤르메스는 리라 연주도 잘한다. 자료를 모으다가 힘들고 지치면 리라 연주도 부탁하자. 더 우아한 중년으로 살려면 나의 기록물, 나의 아카이브가 꼭 필요하다.

내가 오늘 쓴 이 글도 아카이브에 첨가될 것이다. 내가 그린 스케치와 에스키스도 모아야겠다. 벌써 헤르메스가 나팔을 꺼내 들고 명령하고 있다. 나의 뮤즈 헤르메스는 나의 지니다. 알라딘만 지니가 있는 것이 아니다. 헤르메스는 내 곁에 머물면서 나를 돕는 요술 램프의 지니다.

'이렇게 모인 기록들은 나를 더욱 풍성하게 하겠지!' 생각한다. 나이 든다고 할 수 없다는 것은 핑계다. 얼마든지 할 수 있다. 얼마든지 내 기록들을 만들 수 있다. 내가 그동안 떠온 수세미도 하나의 기록물이 될 수 있다.

아파트 옆 동 친구는 자기가 읽은 책들을 재활용 더미에 놓았다고 말했다. 그때, 무척 가뿐했다고 친구가 말했다. 잠시 부럽기도 했지만 나는 내 신조를 지켰다. 친구는 기록들도 모두 재활용 더미에 버렸다고 좋아했다. 나는 "아깝게 왜 버렸어?", "모아 두지."라고 말했다.

하지만 친구는 모아 두면 짐만 된다고 했다. 늙을수록 가볍게 살아야 한다. 박경리 선생님도 마지막 에세이에서 '가져갈 것이 없어 가뿐하다.'라고 말했다. 친구도 박경리 선생님의 말도 모두 맞는 말이다. 가뿐하게 사는 것은 좋다. 요즘 시대에 맞게 미니멀리즘을 추천하는 것이지만 나는 잠시 그 이면도 생각한다. 내가 죽고 나서 나에 대한 기록이 하나도 없는 것하고 나에 대한 기록이 있는 것하고는 많이 다르다. 내 영정 앞에 놓을 내 기록물

하나는 만들고 싶다.

'나, 이렇게 산 사람이야.'

'엄마는 이렇게 열심히 살았구나.'

'다양한 것을 하면서 재미나게 산 우리 엄마.'

내 자식들에게 손주와 손자들에게 멋진 할머니의 모습으로 기억되고 싶다, 죽음의 신 하데스가 나를 데리러 와도 나는 내 기록물을 얼른 헤르메스에게 넘기고 갈 것이다.

모아서 내 기록을 만들자. 좀 지저분하고 분주하면 어떤가? 이런 것이 모여서 우아한 중년이 되는 것이지!

내 믿음을 나는 지킬 것이다. 아직도 내 기록문, 아카이브의 집은 반도 차지 않았다. 종량제 봉투가 넘칠까 봐 꾹꾹 눌러 담듯이 내 기록물들도 가득가득 채우고 싶다. 할 것은 많고 세상도 넓다. 할 수 있으면 더 배우고 기록해야지. 올가을에 사이버 미술치료 대학원에 도전한다. 미술을 좋아하고 색을 좋아한다. 내가 운영하는 논술 학원 학생들에게 미술치료의 영역도 접목시켜주고 싶어서다. 학생들이 건강한 정신으로 사춘기를 이겨냈으면 하는 수업의 연장선으로 미술 치료 공부를 더하려 한다.

뭐니 뭐니해도 기록물 1호는 블로그 브랜딩이라고 생각한다. 나의 기록, 나의 일상, 나의 자료들을 무형에서 유형에서 만드는 일은 블로그가 최고 매체다. 그다음으론 유튜브, 인스타그램이 있다. 그중에서 내게 편한 것을 선택해 꾸준하게 기록하는 것이다. 헤르메스가 도와줄 것이다. 불러보라 '헤르메스여, 나에게 와다오.' 헤르메스는 우리의 원형이다. 우리 마음속에

신으로 차지한 도움의 신이라고 생각한다. 그러니 마음껏 부르자.

헤르메스여, 나팔을 불라! 우아한 중년들을 모으라!

마음을 열어 둔 피그말리온처럼

'마음을 열어 두다.' 이것을 느껴보고 싶다. 사람에게, 반려견에게, 식물에게, 미술품에게, 색깔에게, 내가 가르치는 학생들에게 말이다.

요즘 마음의 문을 닫고 사는 사람이 많다. 학생들도 마찬가지다. 학생들은 하고 싶은 일이 없다고 한다. 내가 무엇을 잘하는지 모른다고 말한다. 마음의 문을 꼭꼭 닫아놓은 학생들은 굳은 얼굴을 하고 있다. 젊은이들은 상처받기 싫어서, 정신 노동이 피곤하다는 이유로 마음의 문을 닫고 나홀로 산다. 그들은 혼밥혼술에 익숙하다. 혼밥혼술이 나쁘다는 이야기는 아니다. 때로는 홀로, 때로는 함께도 말하고 싶은 것이다. 그래서 마음을 열어놓자는 것이다. 감정이 드나들고, 마음의 질서를 카오스에서 코스모스로 찾아가자는 것이다.

마음이 자유로워야 숨도 크게 쉬어지고 얼굴에 미소가 핀다. 마음 좀 열어놓아야 삶이 풍성하다는 이야기. 마음의 문은 쌍방향이다. 내가 열기도 하고 내가 닫기도 한다. 푸른 수염의 방처럼 절대 열 수 없는 문은 없다.

우리 한옥의 마루 구조가 그 역할을 했다. 내가 중년에 살고 싶은 집은 그런 집이다. 옛날 선비가 들창을 열어두고 산새 소리와 뻐꾸기 소리와 개구리울음 소리를 듣고 난초를 치던 그 흐름으로 나의 들창도 열어두고 싶다. 그 열린 들창으로 학생들을 불러 마음을 쉬게 하고 싶다. 또 초록 잔디밭 귀퉁이에 놓인 나무 그네에 학생들을 앉게 하고 닫힌 마음을 조금이라도 풀어주고 싶다.

나는 툇마루가 있는 집, 들창이 있는 집, 화단이 있는 집에서 붓을 들어 갈라테이아를 그리고 싶다.(갈라테이아는 피그말리온이 만든 조각상이다.) 갈라테이아를 예쁘게 그려 아침 햇볕이 드는 내 작업실 앞에 놓아두고 싶다. 바람이 와서 숨을 주고 새소리가 들려 귀가 깨어나고 붉은 사루비아 꽃이 와서 그 눈을 어루만져 주게 하고 싶다. 마음을 열어둔 피그말리온처럼 말이다.

피그말리온은 여자 조각상을 만들었다. 그는 조각상을 만든 후 아프로디테 신전에서 기도했다. '신이시여, 제가 만든 이 조각상 같은 여자를 보내주소서.' 그렇게 마음의 문을 열고 기도했다. 그 기도에 감동한 아프로디테는 피그말리온에게 선물을 준다. 조각상에게 숨을 주고 사람으로 만들어준다. 그 이름은 갈라테이아. 피그말리온은 그녀를 만나 더 좋은 조각가로 살았을 것이다. 우리 학생들에게 내가 그랬으면 좋겠다. 숨을 주고 쉼을 줄 수 있는 피그말리온이 되고 싶다.

나는 피그말리온처럼 기도한다. 마음을 열어놓는다. 그네가 있는 집, 화단을 가꿀 수 있는 집, 화실이 딸린 집을 선물해달라고 아프로디테에게 조

르고 있다. 화단 곁에 화분도 놓아두고 비를 흠뻑 맞게 해주고 바람도 쐬게
해주고 싶다.

'피그말리온 효과가 이루어질 것인가?'
'학생들을 내 그녀로 초대할 수 있을까?' 마음의 문을 더 활짝 열고 기도
한다.

내 곁에는 부러운 친구가 있다. 같은 아파트에 사는 친구다. 그녀의 집은
1층이다. 작은 화단을 만들었고 화분도 1층에 놓아 비를 맞게 한다. 내 집
은 4층 같은 3층이라 거실과 서재 안방에 딸린 야외 베란다 뷰만 약간 좋
다. 내 화분들에게 비를 맞추려면 무거운 화분을 들어 야외 베란다로 넘겨
야 한다. 손도 아프고 허리도 아파 어림도 없는 꿈이다. 친구처럼 1층을 매
매하는 일은 어려울 것 같다. 아쉬운 일이다.
다른 꿈을 꾸어본다. 한강이 보이는 곳에 내 집을 짓는 일이다. 초록 잔
디가 있는 집이다. 나무 그네가 있는 집이다. 『도련님』의 저자 나쓰메 소세
키의 서재와 안뜰이 떠오른다. 소세키의 정원에는 파초나무와 벚꽃나무가
있었던 것으로 기억된다. 나쓰메 소세키가 벚꽃나무 필 때 그 나무 아래서
사케 한잔을 나누었던 그 풍치를 나도 느끼고 싶다. 벗을 불러 찻잔을 사이
에 두고 담소를 나누는 삶을 희망한다. 마음을 열어두면 텃밭이 오고 마음
을 열어두면 시골집이 올 것 같은 이 느낌. 내가 중년에 살고자 하는 삶은
이런 삶이다.

나는 작은 정원과 화단, 텃밭을 유별스럽게 좋아한다. 서울 근교 시골에

살아서인지. 들풀이나 들꽃, 산수유나무, 하얀 꽃을 피우는 찔레꽃이 정겨운 사람이다.

   나는 우아한 중년 부인, 엉덩이가 들썩들썩. 벌써 마음은 화단 옆에 심긴 파초나무 곁으로 간다. 마음을 열어놓고 산수유나무도 심어본다. 나무 그네가 있는 잔디밭으로 나의 학생들을 초대해본다.

교활한 시시포스가
나의 롤모델이 된 까닭

나에겐 롤모델이 있긴 한 걸까? 다양한 종류의 책을 읽으며 나름 괜찮은 모델을 찾으려고 했으나 딱히 떠오르는 인물은 없었다. 변덕쟁이 성격 덕분인지 롤모델은 여럿을 정해놓고 고르고 있었다. 롤모델을 늘어 놓아보면 상당히 긴 줄을 이어갈 것이다.

'정말 내 속사람 속에 세이렌이 있을까?' 고민도 잠시, 세이렌처럼 바닷가의 유혹녀가 내 모델이었으면 좋겠다는 생각을 많이 했다. 외모로 보나 성격으로 보나 나는 중성스럽다. 이 모습이 너무 싫다. 아름다운 여성의 모습, 내게 부족하다. 예쁜 여자가 부러웠다. 어쩌면 나는 외모 대신으로 내면 속 사람을 섹시하게 키웠는지도 모르겠다. 그래서 책을 많이 읽었다. 아니마[4]가 풍부한 여성이었으면 했다. 판도라처럼 감정을 안고 모든 것을 다 보내주고도 희망을 안고 사는 여자가 되고 싶었다. 딱 정해진 제우스의 아내 헤라는 별로다. 정체성이 뚜렷한 여자는 싫다.

---

4 고대 철학에서 생명과 사고의 원천이 되어주는 영혼이나 정신을 뜻하는 말.

조선의 황진이, 매창, 이런 기생들이 나의 롤모델이었던 시기도 있었다. 남자들과 나란히 냇가에 앉아 시를 읊고 글을 주고받는 그런 멋쟁이 기생이 되고 싶을 때도 있었다. 황진이는 동짓달 기나긴 밤에서 내게 시공간을 초월한 시구를 보여 주었다. 그 시 하나에 완전히 매료됐다. '긴 밤 허리를 베어내어, 정든 님 오시면 굽이굽이 펴리라.'

알 수 없는 시간, 그것은 명확한 시간인 크로노스가 아니라 모호한 시간, 매혹되는 시간인 카이로스 시간을 말해준다. 기생이면서도 그리운 한 남자가 있다는 것도 좋았다. 매창은 또 어떤가? 내 책상 앞에 걸어두고 매창처럼 인간 냄새나는 여자이고 싶었다. 꼭꼭 머리꼭지 틀고 멋스러운 한복을 입은 매창의 그 모습이 나는 너무 좋다.

또 마네의 풀밭 위의 점심 식사는 어떤가? 그 벌거벗은 여자의 모습이 나였으면 했다. 당당하게 벗어도 괘념치 않는 자태,

나는 안동 김씨다. 조선 시대 양반이면서 왕족이다. 그런데 왜? 내 속에는 기생의 색이 들어 있는지 모르겠다. 내 주변에는 남사친(남자 사람 친구)들이 많다. 젊거나 나이가 들었거나 나를 편하게 생각한다. 말이 통하는 상대로 대한다. 그렇다, 나의 롤모델은 섹시녀다. 지(智)를 겸비한 섹시녀다. 너무 나갔다. 주워 담기 힘들 정도로. 남자들 앞에서도 하나의 꿀림이 없는 여자의 이미지다.

'내 아니마가 아직 꽃을 피우지 못해서일까?'

'못다 핀 아니마, 못다 핀 꽃 한 송이가 내 속에 있다.'

내 이런 모습을 프로이트 선생이 본다면 뭐라 할까? 책 너구리 씨? "당신 말이야, 못다 한 사랑이 남아 있어요.", "트라우마로 남아 있단 말이오!"라

고 말할 것이고, 구스타프 융 선생님은 "만다라를 그려요.", "합일이 중요해요.", "색으로 치유하세요.", "색깔을 칠해요."

다음 아들러는 "남자와의 사랑을 시작하시오!" 할 것이고, 안톤 네그리는 지성, 집단지성의 힘을 키우라고 할 것이다. 이제 다 소용없다. 지나갔다. 나이테가 꽤나 여러 겹이 되었다.

나이가 들어가니 몸의 이곳저곳이 아프다. 몇 년 전에는 갑상선 수술을 하며 잠시 지하의 하데스께 인사만 하고 왔다. 죽을 고비를 넘겼다. 더 거슬러 올라가면 삼십 대 어느 날 화장실에서 소변을 보고 나오다가 심정지가 왔었다. 그때는 정말 미궁으로 뱅글뱅글거리며 내려갔다. 점점 청각을 잃어갈 때, 누가 불렀는지 간신히 깨어났다. 테세우스가 불러준 거겠지? 하지만 남편이 쓰러진 나를 용케 보고 흔들어 깨워 병원으로 실어 가서 살아났다.

또 한번은 심장이 너무 뛰었다. 멈춰지지 않아서, 119에 실려 세브란스 응급실로 갔다. 머리에서 뚝뚝 떨어지던 물은 다 어디로 갔는지! 그때도 하데스가 사는 계단쯤에서 돌이켜 나왔다. 내 죽음의 문턱을 생각하면 교활했던 시시포스가 생각난다. 시시포스는 제우스를 속이고 하데스를 속였다. 그 벌로 죽게 되자, 아내에게 부탁을 한다. "자기가 죽더라도 관에 넣거나 무덤에 묻지 말아라." 장사지내지 말라는 당부를 했기에 세상은 죽음이 없었다. 그리스 신화에서는 그렇다.

제우스는 시시포스를 살려 주는 대신 영원한 형벌을 내린다. 벼랑으로 무거운 바위를 올리는 일이다. 떨어지면 올리고, 다시 떨어지면 올리는 일. 즉 우리 인간들이 끝없이 해야 하는 노동을 말해주는 것이다. 그렇다. 나는 죽음을 여러 번 겪었다. 그리고 보너스처럼 노동을 하며 산다. 그래서 더

값지게 살고 싶다. 서로 아껴주며 배려하고 남은 생을 아끼며 살고 있다. 죽음보다 나은 곳이 이곳이니까. 나는 한 곳에서 20년 넘는 세월 동안 교육 노동을 한다. 지금까지 하고 있다. 이제 나는 교활한 시시포스가 롤모델이다. 굴러떨어질 것 같지만 다시 올리듯 논술 학원은 굽이굽이 코로나와 어려움 속에서도 살아남았다.

그러나 나는 시시포스와 조금 다르게 살고 있다. 시시포스처럼 노동만을 하지는 않는다. 바위를 굴려 올리면서 길가에 있는 꽃도 보고 냄새도 즐긴다. 산에 있는 나무도 본다. 논술만 가르치는 것이 아니라 내가 좋아하는 예술 활동을 겸한다는 것이다. 좋아하는 책은 무한대로 사서 읽는다. 시 쓰기와 글쓰기 그리고 그림 그리기도 하고 싶은 만큼 한다. 그래서 내 삶이 화려한 섹시녀의 삶은 아니지만 예술인으로서 재미나게 살고 있다.

내게 시시포스의 교활성이 없었다면 나는 벌써 하데스에게 잡혀가 카론의 배를 타고 스틱스강을 건넜을 것이다. 때로는 인간에게 교활함이 필요하다는 생각을 한다. 만약 내가 너무 순진했다면 내 삶을 지하에 내어주고 지금 나는 어느 무덤 속에 있었을 것이다.

결론적으로 나의 롤모델은 정해졌다. 황진이도 세이렌도 매창도 아닌 교활한 시시포스다.

6

돈 부자보다
취미 부자가 되다

01

뜨개질은
파편화된 마음을 치유한다

"이제 좀 주무시지?"

"아니 조금만 더 뜨고요. 멈출 수가 없네."

"내일 출근은 어쩌려고?"

나는 남편의 걱정을 외면한 채 만다라 뜨기, 일명 컬러 수세미 뜨기를 한다. 새벽 1시를 넘기고 있다. 꽃분홍색, 초록색, 연두, 민트색에 둘러싸여 나의 눈은 새초롬하다. 색과의 사랑에 빠진 중년 부인, 코바늘을 잡은 나의 손놀림은 바쁘다. 노란색 네모 만다라를 뜨고 나서 테두리를 파랑으로 마무리했다. 너무 이쁘다. 어울리지 않는 색, 그의 파괴는 내 마음을 시원하게 한다. 이제 또 생뚱맞은 색 단추를 달아 수세미 뜨기 마무리를 해야 한다. 이렇게 만다라 뜨기를 하면 낮에 있었던 상처 입은 마음이 위로를 받는 느낌이다.

나의 직업, 논술 선생님은 학부모와 아이들과 트라이앵글처럼 서로 거리를 유지하며 맑은 소리를 내야 한다. 가끔 삐그덕거릴 때도 있다. 그럴 땐

낮에 묻어 두었던 삐그덕하며 구멍 난 마음을 밤에 컬러로 푸는 것이다. 나만의 컬러 수세미 뜨기는 내 마음을 위한 치유 제의(祭儀)다. 벌써 수세미를 열 개째 뜨고 있다. 미친 몰입이다. 눈도 아프고 어깨도 아프다. 그렇지만 누가 시킨 것도 아니라서 아프다고 말할 수 없다. 화난 내 마음을 풀기 위해 누구처럼 옥상에 올라 접시를 마구마구 던질 수는 없지 않은가? 나는 내 상처를 치유하는 우아한 치료사이다. 심리 상담사를 찾아가 상담을 하면 좋겠지만 나 같은 색 예찬론자는 스스로 색을 조정해서 나를 추스르는 방법을 택한다.

새벽 1시, 벙커문이 드르륵 열린다.

"엄마, 아직 안 자네?"

"뭐야, 또 수세미 뜨는 거야?"

딸이 내 벙커를 찾았다. 딸은 자신이 일본 선교 여행으로 가는 도쿠시마 신쇼교회 성도님들의 수세미를 떠달란다.

"응. 알았어."

"그런데 그분들이 내가 이렇게 엉터리로 뜬 수세미를 좋아할까?"

"엄마, 일본인들은 이런 색을 좋아해. 아주 촌스러운 것 같은 거."

"이런 것을 애정한다니까."

50개를 3일 안에 떠달란다. 대답은 해 놨는데, 걱정이 이만저만이 아니다. 색깔도 색깔이지만 3일 안에 50개라니.

'내가 미쳤지, 미쳤어.', '왜 약속을 한 거야.', '뭐에 홀린 거야.'

취소는 할 수 없고 나는 죽어라 거의 밤을 새워가며 3일 안에 50개를 뜨느라 손가락에 마비가 왔다. 몰입도 이런 강제 몰입은 없을 터였다. 삼국지의 제갈량은 오나라 손권이 부탁한 화살 십만 개를 3일 안에 꾀로 얻어 주었다.

하지만 난 제갈량이 아니다. 제갈근도 아니다. 나는 그냥 중년 부인이다. 똘끼 있는 중년 부인. 낮에는 논술을 가르쳐야 하고, 책도 읽어야 하는, 제갈량 흉내를 내며 컬러 수세미를 뜨느라 죽을 똥을 쌌다.

요즘 뜬 수세미가 100개가 모였다. 내 마음에 편치 않은 일들이 많았나 보다. 하지만 신기하게도 수세미를 떠놓으면 꼭 쓸 곳이 생긴다. 딸의 일본 선교가 수세미를 기다리고 있다. 일본 도쿠시마 신쇼교회 성도들은 나의 색 수세미를 좋아한단다. 새벽 2시 지금껏 뜬 수세미를 죽 늘어 놓아본다. 언뜻 보면 서로 맞지 않는 색들이다. 일명 똘끼 색들이다. 그러나 자세히 보면 이쁘다. 찰떡처럼 잘 들어맞는다. 내 마음이 편안해진다. 살풀이를 하듯 색 파괴를 경험하고 나면 나는 시원하다. 나의 색들이 나를 위로하는 밤, 나는 잠을 잊은 채 새벽을 맞는다. 색과 사랑에 빠져 사는 중년 부인 어떤가? 우아한가요? 누군가는 집착이라고, 누군가는 강박이라고, 말한다. 나는 색 수세미 몰입을 통해 내일 하루를 즐겁게 지낼 에너지를 얻었으니 됐다.

"짹짹, 찌르륵, 푸더덕."
베란다 밖이 소란스럽다. 새벽을 맞는 새들의 분주함이다. 새들은 밤새 어떤 제의를 해서 상처 난 마음을 풀었을까? 밤이 주는 우리의 휴식!

'너도 이제 좀 자라.', '너 말이야. 김옥란!'

나 자신에게 말을 건네자, 콕 하고 잠이 든다. 수세미 양탄자를 타고 알라딘이 되어 쟈스민과 하늘 미끄럼 놀이를 한다. 슝~ 내 손을 잡아요. 알라딘의 목소리가 점점 커진다. 나는 허공을 가르며 커다란 마법 수세미를 타고 묘기를 부린다.

'콜, 콜, 콜.'

여러분 마음이 거칠어지거나 아파질 때가 있으신가요? 나만의 만다라 치유, 수세미 뜨기에 몰입해 보세요. 마음이 거뜬해집니다. 몰입은 나를 잊게 합니다. 나와 타인의 경계가 없어집니다. 그러면 남이 나이기에 타인까지 사랑하게 된다.

불교의 만다라는 합일을 뜻한다. 그것을 변형해서 동그라미 문양 안에 색칠을 하고 나를 합일시키는 치유를 한다. 만다라 확장 수세미 뜨기는 그래서 합일을 뜻하기도 한다.

몰입, 컬러 수세미 뜨기 강추!
여러분도 시작해 보실까요? 마음이 편해졌다면? 제 블로그에 남겨주세요. 제가 꼭 답방합니다. 그리고 선물을 드리고 싶어요. 제 블로그는 책 읽는 너구리입니다.

02

내가 궁궐을 좋아하는 이유는
따로 있다

가을날 창경궁을 가 보신 분은 알 것이다. 작은 손바닥 단풍들이 떠다니는 연못, 네모반듯한 궁지(宮趾)를 떠다니다, 끝내는 거센 물에 휩쓸려 없어지는 붉은 단풍이 있다. 피 같은 붉은 단풍잎을 본 당신이라면? 창경궁을 사랑하지 않을 수 없다.

어느 가을 아침 날이었다.

'북, 북, 응, 자기야, 우리 창경궁 갈까?' 가깝게 지내는 동네 친구의 카톡이다.

'오케이.' 번개팅을 좋아하는 우리는 차를 몰았고 창경궁으로 입장했다. 창경궁을 산책하며 궁지로 갔다. 그곳을 설명하는 푯말에는 왕과 왕비의 정원, 연못이라는 설명이 있었던 것 같다. 나는 오래된 건물이나 나무들보다 창경궁에 오면 연못과 사랑에 빠진다. 비가 부슬거리는 연못에서 정비인 왕비가 겪었을 외로움이 훅~ 하고 내게 몰려온다.

왕비는 왕의 정실부인이다. 그 어떤 권위보다 높았던 왕비의 위치, 그러나 가장 비참했던 왕비의 사랑? 왕은 여러 후궁을 품을 수 있지 않은가? 왕의 계속되는 후궁의 사랑 앞에 왕비의 마음은 이 연못에 떠다니는 붉은 단풍잎 같았을 것이다. 두 손가락으로 수없이 잡고 싶었을 왕의 옷자락! 빙글빙글 돌아 돌아 나가는 궁지 연못의 단풍잎을 구경하느라 시간 가는 줄을 몰랐다. 나는 이끼가 살짝 낀 돌에 앉아 연필을 들었다. 시를 적었다. 세련되고 젊은 후궁이 아닌 단아한 정비의 마음으로 시를 적었다. 나는 시를 쓰고 친구는 연못가를 거닐었다.

'내가 왜? 이러는 거지?', '아픔이 느껴지고? 왜?'

속울음을 울면서 2시간 가까이 연못에 머물렀다.

궁궐을 사랑하는 나는 덕수궁도 자주 간다. 덕수궁 대한문을 돌아가면 카페가 있다. 그 카페 앞에 오래된 연못! 내가 애정하는 연못이 있다. 노랑어리연꽃들이 햇빛을 따라 일제히 고개를 들고 있는 모습은 너무나도 이쁘다. 고개를 들고 해바라기를 하다가 해가 질 때면 고개를 숙이는 저 노랑어리연꽃들을 보면서 시를 적었던 적도 있다.

'야옹, 야옹.'

연못을 따라 나만 도는 것이 아니다. 까만 고양이가 나와 동행을 하듯 연못을 어슬렁거린다. 까만 어두운 내 마음과 함께 걷는 것 같아 울컥했던 기억. 이 울컥거림은 뭐지?' 삶의 서글픔일까? 아니면 그냥 시인의 감성일까?

물음표를 남겨두고 덕수궁 연못을 나왔다. 다시 연못을 찾는다면? 둥근 모과가 노란빛을 띠면서 나를 반길 것이다. 모과차를 준비하고 노랑어리연꽃을 바라보며 차 한잔을 마실 것이다.

도대체 나에게 궁궐은 무엇일까?

시인 등단을 못 한 아쉬움일까?(현재는 김포문학상으로 등단했다.)

하고 싶은 일이 너무도 많은 기쁨 에너지일까? 궁궐은 나에게 질문의 꼬리를 길게 드리운다. 주일날 예배를 마치고 자주 가는 덕수궁. 서고 앞에 서면 바람에 실려 책 냄새가 코를 간질인다. 커피를 마셨던 고종의 그 눈빛을 생각한다. 새로운 문물이 들어와 서양식 분수가 생기고 서양식 건물이 들어설 때 고종은 상투 머리를 잘랐다. 시원했을까? 서운했을까? 착잡한 마음 가눌 길이 없었을까?

나는 마음이 착잡한 날이면 궁궐을 찾는다. 내 마음 편편하게 하려고 궁궐을 찾는다. 비가 오면 더 좋다. 손가락 단풍이 떨어지면 더 좋은 궁궐은 내게 왕비의 품위와 권위를 선물한다. 다른 사람의 비위를 맞춰야 하는 교육 서비스는 왕비이면서 시녀의 양면성을 가진다. 나는 권위 갑 왕비가 되고 싶은데, 현실은 꼬마들의 시중을 들어준다. 물론 사실은 중요한 책 읽기와 공부를 가르쳐주는 귀한 일이다. 내 임무를 잊을 때가 있다. 덕수궁에 이르면 노랑어리 연못이 나를 부른다.

'어서 오세요. 왕비님.' 사실 나는 안동 김씨다. 왕족이다.

'어서 오세요. 후궁 마마!' 노랑어리가 고개를 들어 나를 마중하는 착각을 하며 차를 마신 적이 여러 번이다.

궁궐 연못은 나에게 상상을 선물한다.

여러분도 궁궐을 좋아하시나요?

나는 마음 몰입을 위해 궁궐에 간다. 궁궐을 산책하며 후원에 이르고 궁궐을 산책하다 연못을 들여다보고 궁궐을 산책하다 왕의 오월도 앞에 촤르르 앉아본다. 상상은 마음대로니까. 봄, 여름, 가을, 겨울, 사계절의 궁궐은 모두 다른 얼굴을 하고 있다. 봄은 화사한 새색시의 얼굴을 하고 나를 반긴다. 품계석 앞에 섰다. 에헴! 나는 이 나라의 왕이다. 여기에 있어야 할 나의 신하는 어디로 갔니? 여름 연못에서 나를 부른다.

'어서 오세요. 왕비님 노랑어리 옷을 입으세요. 모과 차를 맛있게 끓여 왕과 함께 오르시지요.'

'여기는 카페입니다. 가을입니다.'

'창경궁으로 산보나 갈까?'

'왕비를 부르시오.'

'아니지, 새로 들인 어여쁜 후궁을 부르시오.'

나는 가장 예쁜 후궁이 되어 고운 한복을 입고 왕과 나란히 걸었다. 겨울에 쓸쓸함을 담고 있는 창경궁 샛길에 하얀 눈이 소복소복 쌓였다. 누구와 나란히 가야 할까? 나와 간다. 내 속 사람을 데리고 간다. 침묵하는 내 안의 속 사람에게 겨울바람을 쐬어주러 나는 궁궐에 간다.

내가 찾는 궁궐의 얼굴은 어느 것 하나 귀하지 않은 것이 없다.

여러분! 궁궐을 함께 산책하실까요? 우아한 중년 부인의 궁궐 분투기였습니다.

03

예술 영화로 깬 내 마음의 금기

"영화 보러 갑니다.", "어디로?", "그야 이대 후문."
"예술 영화?", "응."
"병원은?", "병원도 갑니다."
"잘 다녀와요.", "고맙소."

내가 병원을 가는 날에 하는 나와 남편의 대화다. 구속하거나 참견하지 않는다. 그냥 그대로 대화를 나눌 뿐이다. 그래서 찌꺼기가 없다. 우리 관계의 혈관은 맑다. 좋은 건지 나쁜 건지는 모르겠다. 나는 3개월에 한 번씩 정기검진을 받으러 대학 병원에 간다. 나는 병원 정기검진 받는 날은 방황한다. 죽음과 삶 사이를 느끼기 때문일까? 그래서 예술 영화를 보러 간다. 나는 예술 영화 마니아다.

오늘처럼 마음이 복잡하고 힘들 때 찾는 영화관이 있다. 바로 이대 후문 하늬솔 빌딩에 있는 영화관이다. 독립영화관 또는 예술 영화관이다. 예술 영화가 좋은 이유는 여러 가지다. 우선 사람들이 붐비지 않는다는 것이다. CGV나 메가박스에 가면 사람에 치여 난 영화도 보기 전에 지친다. 또 우당탕거리는 영화를 소화하지 못한다. 남 탓이 아니라 내 탓이다. 이건 전적으로 내 개인적인 취향, 마니아적인 개취(개인 취향)다.

또 예술 영화는 금기를 깨는 영화가 대부분이라(순전히 나만의 생각이다.) 생각할 거리를 많이 준다. 나 같은 일명 똘끼 부인은 예술 영화가 무진장 좋다. 나는 일상적이고 교훈적인 스토리를 질려 한다. 예술 영화를 보면서 금기가 하나둘 파괴되는 것을 몸으로 체험한다. 너무도 신선하다. 내가 깨트릴 수 없는 금기를 대신 예술 영화가 깨주는 통쾌함이란 뼛속까지 깊은 희열을 느낀다. 아마도 예술 영화를 본 후에 내 뼈를 스캔해보면 핑크핑크한 색이거나 흐물흐물해져 있을 듯하다.

예술 영화 티켓은 연간 회원권을 구매한다. 20장, 한 달에 2편 정도 보는 것이다. 예술 영화는 사랑이다. 나는 세브란스 병원에서 정기검진을 받고 있다. 대학 병원은 진료 전 채혈이라는 시스템이 있다. 오늘도 아까운 내 피 세 통을 채혈 당했다. 물론 작은 통으로 뽑아주고 주사 부위를 꾹 누르면 된다.

"젠장, 빈혈도 있는데 아까운 피는 왜 자꾸 뽑는 거야."

방백의 푸념을 하며 에스컬레이터를 타고 연대 동문 회관을 돌아 나간다. 그곳에 내가 좋아하는 영화관이 있다. 오늘은 예술 영화를 보는 날이다. 병원은 아픈 사람, 우울한 사람, 힘 빠진 사람들이 오는 곳이다. 나도 그중 하나다. 그러나 똘끼 여사인 나는 진료 전 2시간 틈을 예술 영화라는 에너지로 충전한다.

어떤 때는 병원보다 더 슬픈 영화를 본다. 어떤 때는 삶의 충동을 느낄수 있는 영화를 본다. 이렇게 본 영화들은 내 피가 되어 세 통 그대로 내 몸으로 채워진다. 특히 프랑스 영화는 새로운 피를 듬뿍듬뿍 배로 충전해준다. 금기가 깨어지는 대목에서 빠져나간 피가 다시 신선하게 수혈된다.

금기 천국에 사는 대한민국의 중년 부인, 주체 못 한 똘끼의 반은 세브란스 채혈실에서 뽑아주고 부족한 똘끼의 반은 예술 영화관에서 수혈받는다. 그래서 세상은 공평하다. 병원과 영화 사이에는 뽑고 주는 관계가 성립한다. 병이라는 덩이를 뽑아주고 영화관에서 생성 에너지를 수혈받는다. 삶은 반반이다.

오늘도 나는 영화 한 편 때리고 씩씩하게 병원으로 갔다. 내 이름이 호명되었다. 내 주치의는 어쩌구 저쩌구. "좋아지셨어요. 수치 괜찮아요."

주치의는 연거푸 모니터에 대고 대화를 시도한다. 환자인 나는 그의 옆얼굴만 바라본다. 좀 전에 보았던 영화 주인공이 클로즈업된다. 이것이 현대식 병원의 진료법이다. 수치로 취급되는 나는 자본주의의 부속물 취급을 당한다.(이번에도 나만의 생각이지만) 나는 사람이 아닙니다. 환자입니다.

영화 같은 병원 진료를 끝내고 처방전을 들고 기기 앞에 섰다, 가까운 약국으로 처방전 전송을 하였다. 가서 약만 받으면 오늘 진료는 끝이다. 오늘 나는 문화생활을 위해 병원을 온 것인지? 진료를 위해 영화관에 온 것인지? 오락가락하다.

깰 수 없는 금기는 예술 영화뿐만 아니라 병원에도 있다. 의사에게 절대 질문하지 말기, 수치로 이야기를 듣는다는 것, 자본주의는 수치만 중요하다. 3달 후에는 예술 영화관에 대학 병원 주치의 이야기가 나왔으면 좋겠다. 삶이 영화다.

병원과 예술 사이, 뭔가 서로 상통되는 무엇이 있는 것 같은 착각이 든다.
채혈과 수혈! 금기와 해제.

04

모닝 수영장은
엄마의 자궁이다

'6시, 따리띠리.'

남편의 기상 벨 소리다. 똘끼 여사네는 기상도, 밥도, 뭐든 자유롭게 산다. '젊은 날, 사랑했으므로 챙기노라.'라는 말은 이제 뒤안길로 보냈다. 우리 가족은 스스로 일어나고 스스로 끼니를 챙겨 먹는 새 나라의 가족이다. 좋다.

먹기 싫으면 안 먹어도 된다. 나는 남편 벨 소리에 일어나 주섬주섬 수영복을 챙기고 집 앞 아파트 커뮤니티 건물 수영장으로 간다. 5분 거리에 엄마의 자궁이 있어서다. 수영장 말이다. 나의 기원은 엄마 자궁, 우리는 자궁에서 씨앗 하나로 시작되었다. 열 달간의 편안한 자궁에서의 생활을 그리워하는 것은 나를 비롯한 인간들의 바람이다. 다시 엄마 뱃속으로 들어가지는 못하지만 나는 수영장을 엄마의 편안한 자궁이라 생각한다. 먼저 온 할미 세이렌들은 날쌘 물개처럼 획획 자궁을 가르며 나아간다.

"시원하시지요."

"일찍 오셨네요."

인사를 나눈다. 세이렌들은 고개만 끄덕인다. 노란 물개반 모자를 쓴 세이렌 님은 척척 평형 물 가르기를 하며 수영을 한다. 나는 어제도 웅크리고 쓴 글 때문에 오른팔과 어깨가 뻐근하다. 허리도 아프다. 수영장 자궁은 이런 나를 받아들여 새롭게 재탄생을 시켜 줄 것이다. 오늘은 자유형보다 배영이 잘 된다. 자궁 속에 떠 있던 가장 편안한 자세가 기억돼서일까? 오호, 좋다.

"왜 그러구 있어."
"수영해야지."
할미 세이렌들은 입도 좋알좋알 쉴 새가 없다. 입도 재탄생되나?
"네에.", "오늘은 좀 떠 있고 싶네요."

누워서 엄마와 이야기하듯 손으로 물을 가르며 배영을 한다.
'엄마, 엄마, 오늘은 내 어디를 재탄생시켜 주실 거예요?'
'오른팔이 아파요.', '또 왼쪽 가슴도 아프고요.'
가만히 떠 있는 나, 말없이 나아가는 배영 같지만 수많은 대화를 하며 배영 돌기를 한다. 수영장, 모닝 수영은 어그러진 내 몸과 마음을 재탄생시켜 주는 엄마의 커다란 자궁이다.

모닝 수영을 하며 좋은 점이 많다. 다른 운동보다 시간이 덜 걸린다. 또 어차피 씻어야 하니까 여기서 씻는 것도 좋다. 탈의실에 커다란 저울이 있어 늘 몸무게를 재어봐야 한다는 것, 자동적으로 저울에 몸을 달아본다.
'어제 먹은 삼겹살 때문에 안 빠졌네.', '오늘부터 굶어야 해.'

저울에 대고 시각화를 한다. 다짐을 하지만 내일 아침이면 또 저울추는 그대로다. 모두 실패한 건 음식 때문이다. 밥이 점점 맛있어진다. 나이가 들면 밥맛이 없어야 하는데, 거꾸로 가는 지 나는 늘 밥맛이 꿀맛이다. 점심을 제대로 먹지 못해서인지 늦은 시간 집으로 오면 우선 밥부터 먹고 싶은 유혹에 시달린다. 아무리 다짐을 해도 밥 냄새를 맡으면 고, 고, 고, 한 그릇의 밥을 뚝딱 먹어치운다.

'엄마, 자궁 엄마.'

'저녁밥 늦게 먹는 습관도 재탄생될까요?'

물어도 수영장 엄마는 대답이 없다. 물만 찰랑거릴 뿐이다. 나하고 수영을 함께 시작한 선녀님은 몸이 날씬해졌다.

'뭐야, 나는 살이 0.1g도 안 빠졌는데.'

'저 양반은 선녀라서 빠졌나?'

'저녁밥 적게 먹는 습관도 고쳐주세요.'

오늘은 운동보다도 소원을 빌며 수영을 한다.

모닝 수영을 하며 날씬해지기를 바라는 마음! 엄마의 자궁, 재탄생을 위한 마음! 모두 내 삶을 아름답게 지키기 위한 똘끼 여사의 몸부림이다. 나는 우아하게 늙고 싶다. 모닝 수영을 하면서 팔다리를 쭉쭉 뻗어, 몸 상태를 건강하게 돌려놓는 모닝 수영이 좋다.

할미 세이렌들과의 조우도 기가 막힌다. 이상, 똘끼 여사의 모닝 수영 리뷰였습니다.

05

수다스러운 미술 여행

사람들은 여행을 할 때 차분하게 또는 쉼을 위해 한다. 또 설레는 마음으로 한다. 그러나 나는 수다스러운 미술 여행을 하고 있다. 수다스러운 미술 여행은 내 속에서 끓는 미술의 온도를 말한다. 되도록 여러 군데 미술관을 돌아보며 도록을 사서 수다스럽게 읽고 공부하고 또 미술관을 여행하는 것이다. 책 읽는 너구리(나의 블로그 명)가 수다스러운 미술 여행을 하게 된 동기는 이렇다.

어느 날 고개를 들어보니 세상을 밝고 내 바로 앞은 검정 글씨들로 꽉 차 있었다. 책상 위에는 읽어야 할 책들이 쌓여있고, 써내야 할 글들 사이로 A4 용지가 척척 들어차 있다. 또 한자 사범 문제 풀이 집이 몇 권이 쌓여있다. 한자 사범 시험에 도전 중이었다. 또 일주일에 한 번 인문학 수업 책이 있었다. 온통 책과 종이와의 전쟁이었다. 만남보다 더 진도가 나간 전쟁이었다.

'어휴 정신 없어!', '나는 어디에 있지?', '어지러워, 어지러워!'

내 주변에 있는 책과 시험, 글들이 나를 에워싸고 있었다. 이렇게 살아선

안 되겠다. 요즘 말로 현타(이상을 꿈꾸다가 갑자기 현실을 바라보고 자기가 처한 상황을 깨닫게 되는 것)가 왔다.

'다 하기 싫다. 책, 글, 시험문제집 다 꼴도 보기 싫어.'

'네가 정말 하고 싶은 일이 이거니?'

'너 행복하니?'

내가 나에게 묻는 와중에 눈에서는 눈물이 흘렀다. 다 버리고 싶었다. 어디론가 숨고 싶었다. 세상에 내 편은 하나도 없는 것 같았다. 내 벙커 1층으로 들어가 잠을 잤다. 그날은 토요일이어서 그냥 잤다. 다음 날도 잤다. 잠시 일어났다가 또 다음날도 잤다. 월요일은 수업이 없는 날이어서 다행이었다. 푹 자고 났더니 세상이 보였다. 내가 있고 엄펑이가 있고 가족이 보였다. 그리고 일어나 나는 붓을 들었다. 그림을 시작했다. 또 일을 벌인 것 같지만 나는 그림이 필요했다. 내가 선택한 그림 재료는 캔버스에 아크릴화였다. 스케치도 필요 없었다. 캔버스와 붓 물감만 있으면 뭐든 그릴 수 있었다.

그림이 그려지고 색이 내게 다가오자 나의 욕심 창고가 다시 열리기 시작했다. 열린 창고 속에서 쏟아져 나오는 하얀 캔버스가 보였다. 그곳에 붓으로 그려지는 이미지들, 끝이 없었다. 그렇게 시작한 그림은 국내 대회에 여러 곳에 상을 탔고, 해외 전시를 했다. 그림이 모이자 신촌 파파라는 카페에서 전시회를 열었다. 이어서 씨씨라는 카페에서 두 번째 전시회를 했다. 논술 학원 수업을 하며 이루어지는 그림 그리기는 나를 더 옥죄었지만 행복했다. 그러나 어깨가 아프고 손가락이 아팠다. 병원에 가보니 손가락 관절염이라고 했다. 또 가슴이 쿵쾅거렸다. 쉬어야겠다. 이대로 내 몸을 너무 혹사시키면 안 되겠다 싶었다.

생각해낸 묘수는 해외 미술관 투어다. 논술 학원은 한 달 4주 수업을 한다. 시간을 아끼고 아껴 쓰면 3박 4일은 낼 수 있다. 이런 날을 손꼽아 기다리며 해외 미술관 투어를 시작했다.

아주 수다스럽게 시작했다. 미리 내가 가려고 하는 나라의 미술관을 미술 에세이 책을 통해 자세하게 공부했다. 우선 가까운 일본으로 미술 여행을 떠났다. 오늘은 두 번째 일본 미술관 여행 중이다. 도쿄 근처에는 미술관이 여러 개 있다. 이번에는 가우디 전시를 보았다. 정말 아침 일찍부터 일어나 미술관으로 지하철과 버스를 타고 갔다. 날씨가 얼마나 뜨거운지 땀이 얼굴로 몸으로 줄줄 흐를 정도였다.

일본에 있는 어린 친구, 아야카도 만나 함께 투어를 하는 날이라 기대를 하며 미술관으로 갔다. 세상에 나보다 더 수다스러운 모습이 그곳에 있었다. 나이가 지긋한 일본 분들이 정말 그 미술관 앞을 가득 메워 줄을 서고 있었다. 우리도 긴 줄을 서서 표를 끊었다. 그런데, 어라? 들어갈 것 같은 줄이 내 앞에서 딱 끊겼다.

앞 팀과 한 시간 텀을 준다는 통보다. 세상에 더운데 어디서 한 시간을 기다리나, 걱정을 하다 스타벅스에 가서 차를 마시기로 했다. 또 땀을 뻘뻘 흘리며 차도를 건너 스타벅스로 갔다. 아야카와 딸 그리고 나는 차가운 커피를 시켜 그동안 있었던 일을 큰 소리로 나누며(사실 내 목소리가 가장 컸다.) 시간을 보냈다. 시간이 되어 미술관으로 들어섰다.

세상에. 관람인들에 치어 정말 한 작품 관람하는 것이 쉬운 일이 아니었다. 그러나 속으로 50을 세며 차분하게 한 작품 한 작품 그림을 감상했다. 겉은 태평스러워 보였지만 속은 정말 수다스러운 관람이었다. 가우디의 건축에 놀랐고 미술관을 채운 일본 사람의 수에 놀랐다. 그동안 준비했던 가우디에 대한 건축물들을 하나도 빼놓지 않고 확인하고 봤다. 다리가 아픈 줄도 모르고 그 많은 일본인들 곁을 밀려가듯 보는 것은 보통 일이 아니었다.

일본 미술관 투어를 갈 때마다 느끼는 건데, 일본인들은 평일에도 많은 수의 사람이 미술관을 찾는다는 것이다. 터너를 직접 보고 또 한 번 놀랐다. 정말 멋진 그림들이었다. 유리공예 전시관도 돌아보았다. 정원 미술관이라는 곳에서는 서양 정원과 일본 정원도 관람했다. 일본 정원 근처 오래된 나무에서 칵칵거리던 까마귀가 너무도 인상 깊었다.

유리 공예품 전시회도 특별했다. 꽃병과 유리의 아름다움을 느낄 수 있었다. 빛을 그린 터너의 그림들을 돌아보고 또 돌아보고 감상을 적고 블로그를 썼다. 물론 작은 공책에 스케치도 한다. 고개를 들어 본 곳에 여러 가지 볼 것이 많다. 작은 정원과 산사 그리고 내가 좋아하는 그림 사이를 3박 4일 동안 바삐 움직이며 머릿속으로 채집한다. 소리와 색과 문화를 내 욕심 창고에 채우며 돌아다닌다.

미술관 투어는 확장을 하고 싶다. 지금 한국에서 하고 있는 카페 미술 전시를 일본에서도 하고 싶은 마음이다.

'캔버스를 실어 나르려면 그 비용이 만만치 않겠지?'

'일본서 그림을 그릴까?'

'일본 미술 대학에서 2년만 공부하고 싶네.'

욕심 창고 속에 그 마음들이 꽈리를 틀고 꼬리에 꼬리를 물고 아주 수다스러운 투어를 한다. 계획을 세운다고 난리다.

북유럽 신화에는 요르문간드라는 큰 뱀이 나온다. 이그드라실 나무 밑에 둥글게 원을 그리고 있는 요르문간드처럼 내 욕심의 꼬리는 굵고도 길다. 고개를 숙여도 계속 고개를 드는 내 욕심을 인정해본다. 인정해도 욕심을

줄어들지 않고 모습을 바꾼 욕망이 대신 얼굴을 내민다. '욕심이 아니고 신성한 욕망입니다.'

'당신은 그 욕구를 실현하세요.'

내 안에서 와글와글 미술에 대한 욕구, 욕심, 확장 등 수다스러운 일이 일어난다. 절대 차분하지 않다. 나는 흥분된다. 미술관 투어가!

욕심 창고에서 허우적거린다. 그 폭풍에 밀려 어디까지 멀리 떨어질지 모르지만 내 욕심은 끝이 없다. 수다스러운 미술관 투어는 계속될 것이다.

06

하와이에서 홈리스 따돌리기

딸과 나는 벼르고 벼르던 하와이행 비행기를 탔다. 하와이에 딸 친구가 살고 있었다는 한 가지 이유를 더해서 말이다.

와이키키 해변을 중심으로 호텔을 알아보고 7박 8일 예약을 했다. 비행기에 오르기 전까지 밀린 일들과 앞으로의 계획들로 머리가 터질 것 같았다. 또 읽은 책들이 아웃풋을 시켜달라고 내게 붓을 내밀었다. 내 아웃풋은 그리기다.

모든 걸 외면하고 무조건 하와이로 출발~

태평양 바다로 둘러싸인 하와이는 정말 아름다웠다. 우선 숙소에 짐을 풀고 와이키키 해변으로 나갔다. 물론 새로 산 수영복, 일명 장미란 수영복을 입었다. 장미란은 역도 선수다. 그러니 내가 말하는 건 장미란 선수가 입었던 체육복을 말한다.

대부분의 사람들은 다리가 없는 수영복을 입는다. 비키니. 그런데 나는 서둘러 수영복을 구하다 보니, 다리가 달린 수영복을 입게 됐다. 집에서 수영복과 스쿠버 체험 수경을 써 봤다. 정말 가관이었다. 울룩불룩 배가 나오고 엉덩이는 툭 튀어나온 데다가, 둥근 수경을 얼굴 가득 가린 꼴은 가족들을 웃게 만들었다. 즐겁게 해줬다. 가끔 엄마가 푼수가 되어야 가정이 즐겁다는 이야기. 나만 그런가?

그 수영복을 입고 해변에서 수영을 했다. 날씬한 사람과 나보다 더 뚱뚱한 사람, 얼굴빛도 까만 사람, 하얀 사람, 노란 사람, 초록 눈, 고양이 눈, 각각의 개성 있는 인파로 인해 와이키키 해변은 흥청거렸다. '좋다, 좋아.' 여행 오길 잘했다. '야호, 야호.' 소리를 질러가며 즐겼다.

수영을 하고 화장실 쪽으로 발걸음을 옮길 때부터 심상치 않은 느낌을 받았다. 머리가 산발, 무엇보다 냄새가 완전 코를 찔렀다. 숨을 쉴 수가 없는 냄새들이 다가왔다. 바로 홈리스, 말로만 듣던 홈리스들은 와이키키뿐만 아니라 화장실 곁에서, 미술관 근처 풀밭에서, 박물관 주변에서 옷가지를 겹쳐 입고 여기저기서 튀어나와 우리를 떨게 했다

우리 둘은 손을 꼭 잡고 다녔다. 그래도 무서웠다. 운하 주변으로는 홈리스 천국이었다. 홈리스들의 텐트가 여행지처럼 있었다. 또 홈리스는 사람들을 따라오기도 한다.
'오메, 무섭다.', '아이고, 또 오네.', '홈리스, 비켜 가자.'
그런데 숙소 앞에서 여자 홈리스가 우리를 향해 걸어왔다. 나는 움찔거리며 비키려 하는데, 여자 홈리스가 "야."하며 우리를 향해 소리를 질렀다. 아, 깜짝이야. 심장 떨어지는 줄 알았다. 하와이는 너무도 아름답다. 그러나 홈리스는 우리를 무섭고 두려움에 떨게 했다. 빛과 어둠의 공존 속이다.

"은지야, 나 홈리스 무서워서 못 살겠다."

"엄마, 여긴 홈리스와 같이 공존하는 곳이야."

"공존이고 뭐고 너무 무섭다."

어린 날에 망태 할아버지 소리를 들으면 마구 떨었던 것처럼 어른이고 중년이 된 나는 너무 떨었다. 우아한 하와이 중년 여성은커녕. 홈리스 무서워서 떠는 벌벌 중년 여행객이었다.

그러다 우리는 생각을 바꿨다.

'홈리스와 함께 하와이에서 7박을 한다는 것 자체가 말이 안 돼.'

얼마나 귀한 시간을 내서 온 여행인데, 저들 때문에 내 여행을 망칠 수는 없다.

"그래, 그래, 그렇게 하자."

"승용차 렌트를 하자."

"굿 아이디어."

우리는 바로 렌트카 업체에서 하얀색 소나타를 렌트했다.

나는 그날부터 물 찬 제비가 되었다. 하와이는 바다 가운데 있는 섬이라 빙 돌아 드라이브를 하며 차를 몰고 다녔다. 볼 곳이 더 많았다. 해변을 따라 달리다가 거북이가 사는 해변에 내려 거대 거북이를 가까이서 보기도 했다.

드라이브를 하다가 호놀룰루 동물원에 들러 각종 동물들과 인사를 나누기도 했다. 동물들은 신기했다. 동물원에 있던 얼룩말이 내게 말을 걸어오는 듯 신기했다. 동물원에서 나의 뮤즈 얼룩말 조각품을 샀다. 지금까지 내 책상에서 나를 지켜준다. 나의 디오니소스인 얼룩말 씨!

미술관에도 갔다. 호놀룰루 미술관에는 그동안 미술책에서 보았던 그림들이 걸려 있었다. 유럽의 미술 작품을 진품으로 보는 기분이란 세상을 다 가진 듯했다. 특히 모딜리아니의 그림이 인상적이고 좋았다. 그의 아픔이 느껴져서 가슴을 쓸어내리며 그림을 감상했다.

하와이 홈리스는 무섭다. 무섭기에 앞서, 홈리스가 왜 생겼는지, 왜 이렇게 많은지, 이들에 대한 대우, 인권, 이런 사회적 문제를 생각하기엔 내 중년의 생각이 너무도 빈약하다는 것. 나는 문명의 이기인 자동차가 홈리스를 따돌린 것만 다행이라고 생각하는 속 좁은 중년. 오직 홈리스를 따돌렸다는 것, 나는 내 앞만 생각하는 벌벌 중년이었음을 폭로한다.

벌벌 중년, 딸과 나는 자동차 덕분에 홈리스를 따돌리며 7박 8일의 하와이 여행을 마무리할 수 있었다. 홈리스 때문에 쪼그라들었던 중년 부인. 현대의 이기인 자동차 덕분에 우아한 중년이 되었다는 이야기입니다.

07

욕망이여 입을 열어라

내가 관심 있는 인물들은 기생이다. 그것도 기름 바른 쪽머리를 하고 색깔 고운 한복을 입은 조선 기생들이다. 기생하면 뭔가 흥취가 느껴진다. 시를 쓰고 먹을 갈고 난을 치고 긴 담뱃대를 멋지게 쥐고 있는 기생의 모습이 나는 좋다. 조선의 기생은 품위가 있다. 참 이상하다. 나는 안동 김씨다. 그런데 기생의 삶을 좋아하다니? 조상님들이 안다면 난 가문에서 쫓겨날 인물이다. 하지만 여기는 21세기. '상상도 못 하나요?' 21세기는 무엇이든 내어놓고 '나는 이런 사람이요.' 말할 수 있는 권리와 자유가 있는 시대다. 나는 내 욕망을 갈무리해본다.

내 속에 피어나지 못한 기생의 모습은 뭐란 말인가?' 얼마 전에 『나는 내가 분석한다』라는 책을 읽었다. 나를 분석해 보자면? 기생을 좋아하는 나의 심리 속, 내 안에 피지 못한 여성성이 있기 때문이다. 아마추어 분석이다 보니 좀 양해해주길 바란다.

나는 외형적인 성격이다. 내가 좋으면 오케이, 싫으면 노다. 사람은 하고 싶은 것은 하고 살아야 한다는 것이 나의 지론이다. '이다음에 하지.', '다음에.', '힘없어서.' 이런 소리 속에는 두려움이 숨어 있다고 생각한다. 두려움을 나는 안다. 두려움은 내 자존감을 낮추는 복병이다. 자존감을 높여서 내 인생을 니체가 말하는 초인처럼 사는 것이 인생 해답이라 생각한다.

자존감은 우리가 살아갈 에너지다. 에너지는 살려야 한다. 그래야 삶이 풍성하다. 에너지를 살리는 방법은 라캉 님이 아신다. '욕망이여, 입을 열어라.' 크게 외치는 라캉 님은 '당신이 하고 싶은 것, 다 해봐. 그게 답이여!' 라고 말하는 철학자다.

내 욕망을 누르면 그 욕망이 엉뚱한 곳에서 터진다. 나는 내 욕망을 바로바로 체크하고 그것을 해결하며 사는 사람이다. 아프다면 아프다고 말한다. 좋으면 좋다고, 싫으면 싫다고 말한다. 불편하면 불편하다고 말한다. 만약 나에게 제우스가 보낸 판도라 상자가 있다면 열자마자 여기저기로 '후다닥' 달려갈 나의 감정들이 많을 것이다. 나는 내 욕망을 보듬어 주려고 한다. 예뻐지고 싶은 욕망 말이다. '내 욕망을 채워 줄 방법은 없는 것일까?' 태어나길 넙데데하게 태어난걸, 짧게 태어난 걸 늘릴 수는 없다. 그렇다면 어떻게 내 욕망을 채워줄까?

매창(조선 선조 때의 시인)의 그림을 보며 나의 욕망 분출구를 생각한다. 시를 통해 님을 그리는 정서가 빼어났던 매창! 황진이 또한 정든 님을 그리는 정서가 빼어나다. 이제 나에겐 사무치게 그릴 님은 존재하지 않는다. 외형적인 미는 뒤로 접어놓은 지 오래다. 나는 나와의 사랑에 빠진 나르키소스일 뿐, 나는 내적 미를 가꾸기로 한다. 지적인 미, 책을 읽고 시를 쓰고 그림을 그리며 못다 핀 꽃 한 송이를 피우는 삶 말이다. 내 미적 에너지를 외형에서 내적으로 방향을 틀어 준 사람은 조선의 기생들이다. 조선의 기생들은 글과 시 음악과 외형의 미를 겸비한 준수한 뮤즈이다.

매창은 민트보다 조금 진한 치마와 흰 저고리를 입고 내 오피스 책상을 지킨다. 나의 뮤즈라고 하면 말이 될까? 마네의 풀밭 여인도 내 욕망을 지켜주고 있다. 황진이의 시도 나를 지켜준다. 예뻐지고 싶은 똘끼 여사는 미인들 속에서 몽롱한 채 자신도 미인이라 착각을 하는 것인가? 얼굴 고운 님들이 너무 부러운 날들이다. 이제 좀 수그러들 때도 되었건만 아직도 미는 내게 더 있어야 할 감정이다. 머물러야 할 욕망이다. 하지만 미를 위해서 보톡스나 성형을 원하진 않는다. 이것은 양반의 지조인가?

다시 나를 분석해 보자. 어린 날의 나는 예쁘다는 말보다 귀엽다는 말을 들었다. 너는 참 귀엽다. 예쁘다는 소리는 늘 둘째가 들었다. 그만큼 내 바로 아래 동생은 참 예뻤다. 지금, 그나 나나 똑같이 두리뭉실 미시 할머니가 되어가지만, 그땐 그랬다. 어린 날, 엄마는 나에게 "시장에 가자."와 같은, "어디에 가자."라는 말을 안 했다.

언제나 예쁜 동생의 손을 잡고 시장으로 가고 나는 집에 남아서 어린 두 동생들을 돌보게 했다. '젠장, 언제 나는 이뻐지는 거야.' 투덜거리지도 못 했다. 벌써 막내 남동생이 운다. 엄마가 없다고 업어 달랜다. 그 아이를 업고 엄마가 돌아 나간 동그란 동산 귀퉁이를 본다. 엄마와 동생의 모습은 어디에도 없다. 이번엔 셋째가 운다. 배고프다고. 나는 얼른 부엌으로 가서 먹을 것을 찾아본다. 식은 감자가 있다. 감자의 껍질을 벗겨 두 동생에게 나눠주고 마루에 걸터앉아 지는 해를 바라본다. 슬프다. 그때, 어디서 들리는 소리, 엄마가 돌아온 것이다. 동생은 또 예쁜 옷을 입고 있다. 내 어린 날은 예쁨에 대한 트라우마를 남기고도 남았다. 점점 예뻐지는 동생과 동생들을 돌봐야 하는 나는 점점 미운 오리 새끼가 되어갔다.

아직도 분석할 것이 남아 있는가? 내가 미적인 것을 갈구하는 저편, 숨어 있는 욕망을 꺼내 본다. 바로 예뻐져서 두 동생을 떼어 놓고 엄마의 선택을 받아 시장에 가는 그 마음이다.

내가 조선 기생을 그리는 마음은 저 어린 날의 트라우마였다니! 알 수 없는 심리의 세계다.

08

미술관 투어,
블랙 히포를 사다

이번 일본 여행은 틈새 여행이라 너무도 아쉬움이 많이 남았다. 2박 3일이 이렇게 아쉬움을 남길 줄 몰랐다. 앞으로 있을 김옥란 첫 개인전 전에 꼭 도쿄미술관 투어가 하고 싶었다. 딸은 여행 동반자다. 우린 반반씩 여행비를 부담하며 투어를 떠난다. 사실, 내가 더 내고 있는데 그건 비밀이 아니다.

"은지야, 도쿄 투어 예약했지?"
"그럼, 벌써 돈도 다 빠져나갔어. 왜?"
"아니, 한번 확인하는 거야."

한국에서 첫 전시회를 앞두고 그림에 더 전념해야 한다. 그림도 그릴 만큼 그렸고 손을 봤다고 생각하며 마음을 두고 떠났다. 도쿄 투어 여행은 온전히 계획된 여행처럼 진행됐다. 어느 날 딸이 말했다.

"엄마, 도쿄 책 두 권 주문한 거 왔네. 이거 읽고 가고 싶은 곳 말해줘요."

'엥?' 누가 독서 선생 딸 아니랄까 봐 딸은 엄마에게 먼저 미술관 투어 전 공부를 시킨다. 딸이 성장함과 동시에, 딸과 있으면 누가 선생이고 누가 학생인지? 우리 관계가 애매모호 짭조름하다. 가르치기만 하던 나는 누군가의 가르침을 받는 것이 어렵고 힘들다. 그런데 여행 전에는 딸의 훈계를 들으며 책을 읽는다. 늙은 학생이 된다.

"이거. 이거. 이거. 접어놓은 곳 가고 싶네."
"더 없어? 잘 생각해서 골라요."
"맛집은 내가 정할게."

'저것이 언제 자라서 애미를 이래라저래라 들들 볶네.'하고 속 소리를 하며 참는다. 끙!

일본 여행을 스무 번 넘게 한 딸에게 일본 투어 계획은 껌이다. 그만큼 쉽다는 이야기다. 우리는 도쿄에 갔고 도쿄 타워를 볼 수 있는 곳에 호텔을 정했다. 일본답게 좁은 공간을 잘 꾸며놓은 호텔이었다. 밤에 보는 도쿄 타워는 빛의 장난처럼 시간별로 여러 가지 색으로 바뀌었다. 편안한 밤이 될 것 같았다. 우선 짐을 풀고 쉬려고 했다. 휴대폰으로 정보를 찾던 딸이 갑자기, 미술관 투어를 시작하자고 했다. 내일이 월요일이라 문을 닫는 곳이 있다는 정보. 컥! 우리는 후다닥 옷을 챙겨 입고 20분 거리에 있는 신미술관을 향해 뛰어갔다.

"40분 안에 다 볼 수 있겠냐?" 안내원이 말했다. "오케이."

우리는 루브르 박물관 그림들을 자세하게, 그러나 빠르게 보았다. 미술에세이 책에서 보던 그림을 실제로 본다는 것은 그림의 아우라를 경험하기에 좋은 기회다. 멋있었다. 감동했다. 우리가 간 미술관에는 자국민인 일본인들이 더 많았다. 남녀노소를 가리지 않고 그림을 보는 모습들이 진지하다. 에티켓도 잘 지킨다. 문화 선진국의 일면을 보았다. 우리도 조심조심 미술품들을 관람했다. 급하게 본 그림인데도 관람하기에 충분했다.

다음 날도 미술관을 찾았다. 마티스 전시는 우리를 더 신나게 했다. 마티스 작품이 3층 관을 꽉 채웠다. 엄청난 양이다. 도록도 샀다. 비싸다. 이것 때문에 항공요금을 16,000원 더 내야 했다. 또 마티스 물고기가 프린트된 에코백도 샀다. 기분 좋은 미술관 관람을 마치고 우에노 동물원으로 갔다. 우에노 동물원은 우에노 공원 근처에 연결되어 있어서 사람들이 편하게 이용하는 동물원이었다. 우에노 동물원에는 동물에 관한 정보가 자세하게 쓰여 있어서 이해가 더 잘 되었다. 일본다운 친절함이다.

우에노 공원에서는 붉은 다리 홍학도 가까이서 보았다. 오랜만에 홍학 스케치를 했다. 그런데 몸이 이상했다. 어지러웠다. 비틀비틀하다 얼른 의자를 찾아 앉았다. '벌써부터 이러면 안 되는데.'하며 속으로만 생각하고 고개를 숙였다. 그 사이 딸이 없어졌다. '어디로 간 거지?' 홍학 스케치를 하던 종이를 의자에 놓아두고 멍하니 있었다.

우에노 공원에서 사람들은 코알라를 선호한다. 그 줄이 길고 길었다. 우린 마음 가는 대로 모녀라 돌아다니며 동물을 구경했다. 얼룩말과 블랙 히포가 맘에 들었다. 이전까진 얼룩말이 나의 뮤즈였다. 이번에 나의 뮤즈는 블랙 히포다. 하마. 블랙 히포는 까맣고 똥똥하다. 나를 닮았나? 꼬리 부분과 똥구멍이 너무 이쁘다. 실물을 한참 보았다. 냄새가 죽여준다. 똥 냄새! 코를 막았다. 그래도 귀엽고 이쁘다. 나는 뮤즈로 장난감 블랙 히포를 샀다. 내 손안에 잡히는 히포의 감촉이 그렇게 좋을 수가 없다. 블랙 히포는 우리집 내 책상에 얼룩말과 함께 있다.

7

깜찍하게
나이 들고 싶다

01

파초잎에 떨어지는 빗소리

"와, 날씨 죽여준다. 비가 주룩주룩 내리네."

"뭐라고."

방에서 거실로 나오던 딸이 어이없다는 표정을 짓는다.

"왜? 나무까지 미친 춤을 추는 걸 보니 오늘 날씨 짱이라고."

나는 햇볕이 쨍한 날보다 비가 오는 날을 좋아한다. 비가 오는 날이면 주섬주섬 출근 준비를 하고 파주 출판 단지를 향해 비 내리는 자유로를 달린다. 무엇 때문인지는 모른다. 난 비 내리는 자유로가 좋다. 클래식을 들으며 와이파이를 맘껏 휘저으며 달리는 기분을 느끼기 위해서다. 또 마음속에 쌓여있던 찌꺼기를 빗물에 놓아주는, 내 나름대로의 의식을 치른다.

"엄마, 엄마는 차가 있어 우아하게 운전을 하고 노래까지 들으며 여유로우신가 본데, 우리 같은 뚜벅이(차가 없어 걸어 다녀야 하는 사람을 일컫는 말)는 책가방(배낭)과 옷이 물에 다 젖어요. 마마님. 또 버스를 기다리다 보면 물이 튀기기도 해요."

"참, 엄마는 몰라도 너무 몰라, 너무도 감성적인 우리 마마님. 진정하세요."

딸한테 핀잔을 듣고 나서야 정신을 차렸다. 그것도 잠시, 나는 빠른 출근을 서두르는 척 분주하다. 그 사이 베란다로 가본다. 큰 방에 딸린 야외 베란다에 있는 파초나무를 보기 위해서다. 베란다에 비가 들이친다. 아주 조금씩 거기에 놓아둔 커다란 파초잎 위에 톡톡톡거리며 비가 떨어진다. 나는 파초잎 빗소리를 좋아한다. 나쓰메 소세키나 하이쿠 작가들이 좋아하던 바나나 나뭇잎은 열대 식물이라 잎이 넓다. 그 넓은 잎으로 떨어지는 빗소리는 기가 막히다. 하루 종일 파초 잎에 비 떨어지는 소리를 듣고 싶은 비오는 날!

야외 베란다에서 듣는 파초잎 빗소리는 나를 시인으로 만들어 주었다. 어쩌면 일본 하이쿠 시인들의 감성이 내게 전해졌는지도.

나도 모르게 파초 곁에서 시가 잘 써진다. 글도 잘 써진다. 누가 보면 구질구질하게 벙커에서, 베란다에서 뭔 청승이냐고 할지도 모른다. 그러나 나는 나만의 장소, 파초잎에 빗소리를 들을 수 있는 야외 베란다가 있어 참 다행이다. 파초잎 빗소리를 들을 수 있는 귀가 있어 행복한 마마다.

'당신은 어떤 날을 좋아하시나요?'

나는 원래 비 오는 날을 좋아하는 사람이 아니었다. 비와 관련된 이야기는 내 어릴 적 이야기를 소환한다. 우리집은 산 밑에 있었다. 버스 정류장에서 꼬불꼬불 논길과 산길을 30분 걷다가 산 고개를 넘으면 아담하게 지어진 집이 나왔다.

집이 야산과 밭가에 있어 야채와 채소, 과일은 풍부했다. 그러나 학교를 갈 때나 시내를 갈 때는 질퍽한 땅을 걸어야 했다. 비가 오는 날이면 신발에 붉은 흙이 덕지덕지 붙고 우산을 써도 비를 다 맞았다. 그야말로 비 오는 날, 학교에 가는 것은 고통이었다.

그런 가운데 좋았던 일도 있다. 비가 오고 나면, 거의 장마 수준으로 내렸다. 그럴 때면 아버지는 커다란 장화를 신고 바구니를 들고 나를 불렀다. "버섯 따러 가자." 나는 소나무 밑에 솟아난 청버섯 따는 것을 좋아했나 보다. 아버지가 나를 데리고 버섯을 따러 다닌 것을 보면 말이다. 아마 동생들은 어리고 그래도 내가 듬직했기 때문일까? 아버지는 청버섯이 자라는 곳을 귀신처럼 잘 찾았다. 아버지와 내가 딴 버섯은 비싼 값에 시장에서 팔렸다. 아버지가 청버섯을 좋아하는 이유는 이것이다, 돈이 되기 때문이다. 비가 부슬부슬 내려도 아버지와 나는 질척한 산을 걸어서 소나무 밑으로 갈 때, 나도 무엇인가를 한다는 생각에 비가 와도 좋았다.

또 방학이 되면 집에 있는 날이 좋았다. 밭과 밭 사이에 흐르던 냇물 덕분이다. 비가 내리고 냇물이 불었고 나와 동생은 냇물에서 고기를 잡았다. 주로 돌 미꾸라지였다. 또 검은 등을 보이던 물방개도 있었다. 우리는 체를 들고 냇물에 들어가 고기를 잡았다. 우리가 잡아 온 고기를 다 먹지는 않았던 것 같다. 비 오는 날에 고기잡이는 내 어린 날 재미있는 놀이였다.

지금도 우리 거실에는 작은 어항에 구피가 자란다. 구피를 키운 지 5~6년은 지났다. 구피는 새끼를 많이 낳고 생명력이 길다. 구피가 어항에서 먹이를 달라고 조르면 나는 검정 통에 있는 먹이를 조금 떠서 넣어준다. 구피가 이리저리 돌아다니며 먹이를 찾는 모습이 좋다. 이것을 볼 때면 어린 날 고기잡이 생각이 나서 정겹다.

비가 와서 싫었던 어린 날, 비가 와서 좋은 날을 살고 있는 중년, 나는 어느 것 하나도 버리고 싶지 않다. 둘 다 소중하다. 마음껏 싫어했기에 마음껏 좋아할 수 있는 마음을 가질 수 있었던 것은 책이 내게 준 선물이다. 시집을 읽고, 여러 분야의 독서는 나를 예술인이 되게 도와주었다. 삶을 자세하게 들여다보면 어느 것 하나 예술 아닌 것이 없다.

버섯을 따러 갔던 아버지의 모습이 어느 날은 그림으로, 어느 날은 시로 나온다. 거실에 있던 구피는 내 그림 속 주요 테마가 되었다. 비 오는 날 미꾸라지 추억이 없었다면 어림없는 일이다. 또 여러 권 읽은 하이쿠 시집은 베란다에 떨어지는 식물의 소리를 귀 기울여 듣게 한다.

나는 예술이라고 해서 거창하다고 생각하지 않는다. 나의 경험이 쌓여서 역사가 된다. 그 역사를 예술로 전환하면 된다. 우리의 눈과 귀를 열면 모든 것이 예술이 된다. 한때 소확행이라고 하는 유행어가 있었다. 소소하게 느끼는 행복, 그 순간순간이 모두 예술이 될 수 있다는 것이다. 나는 특별하게도 그동안 읽은 책이 생활의 경험과 만나 시너지를 내고 있다.

딸아, 너무도 감성적인 마마 뒤에는 일상을 잘 살아낸 역사와 재밌게 읽은 책이 있다는 것을 잊지 말아라.

지금, 딸도 비 오는 날을 좋아한다. 작고 아담한 검정차가 생겼기 때문이다.

02

자유로를 달려
심학산에 잠들고 싶다

'비 오는 날, 자유로를 달려 보았는가?'

나는 자유로를 달리며 신기한 체험을 한다. 문산을 향해 자유로를 달리다 보면 서울 방향과 문산 방향 사이 두 팔 벌린 예수님 형상을 만날 수 있다. 기도하는 예수님은 양쪽 길을 보살피는 가로등이다. 양쪽 길을 밝혀주기 위한 와사등.(김광균 시인의 시에 나온다.) 그곳에 예수님이 기도하시는 모습이 보인다. 그것도 끝도 없을 것 같은 줄에 맞춰 연이은 십자가 예수 형상이 자유로를 따라 줄을 선다.

'예수님, 저 좀 살려주세요.'
'몸은 바쁘고 정신은 비어가요. 가슴엔 울분만 쌓여요.'

비가 주룩주룩 내려서 와이퍼를 2단으로 옮겼다. 예수님은 팔만 벌리고 계속 내 차를 따라오신다. 아무 말씀이 없으신 예수님은 두 팔 벌린 채로 기도만 하신다.

'예수님, 아들의 사업을 일으켜 주시고 어려움 당함 없이 가뿐하게 살도록 기도드려요.'

비바람이 더 세게 나무를 흔든다.

'그것은 아들의 몫이니라.' 가로등 예수님은 비를 맞으며 이렇게 말씀하신다. 몸이 차다.

'예수님, 예수님, 저는 언제 경제 부자, 시간 부자가 될까요?'

'직업에서 자유롭고 싶어요.'

'내가 자고 싶을 때 자고, 내가 눈 뜨고 싶을 때 눈뜨는 시간 부자가 되고 싶어요.'

'욕심이 과하다.'

말씀하시는 예수님은 나 대신 눈물을 흘리신다. 눈물인지 콧물인지 입에 무엇이 찝찔하다.

'잠시 우울이 찾아왔는가?' 나는 울며불며 가로등 예수님을 지나간다. 계속된 기도와 함께 나는 파주 지지향으로 들어섰다. 앞에 뿌연 무엇이 보인다. 비가 그친 산허리에 물안개가 띠를 두르다 군데군데 멈춰있다. 신비하다. 김이 모락모락 오르는 듯 안개구름이 몽골거린다.

'저기다, 내가 갈 곳은.'

'아, 저곳으로 차도가 이어진다면 저곳으로 가 저 산속에 잠들고 싶다.'

신비하다. 저 안개 산속에 갈아진 내 뼛가루가 뿌려진다면 감사할 것 같은 마음이다.

나는 기도했다. '예수님, 내 죽음이 여기인가요?'

흐느끼다 바라본 곳은 주차장이다. 나는 훌훌 털고 계단을 올라 작은 서점으로 들어갔다. 쇼펜하우어의 책을 골랐다.

'인간은 태어났으면 빨리 죽는 게 답이야.'

어느새 나를 찾아온 쇼펜하우어 선생! 내가 옆눈으로 바라본 곳에는 『나는 그림 그리는 할머니로 늙고 싶다』라는 에세이가 있었다. 나는 쇼펜하우어를 놓고 에세이 그림책을 골랐다.

'나는 이제 그림을 그리는 할머니가 될 거야.'

비 오는 날의 기적은 나를 그림 그리는 할머니로 만들어 주었다. 나는 화가가 되었다. 그림 그리는 할머니로 늙고 있다. 논술 선생님이면서 시인도 됐다. 비 오는 자유로를 달려가다가 내게 찾아온 기적이다.

돌아가는 차 안에서 핸들에 힘을 주었다. 라디오에선 파가니니의 〈라 캄파넬라〉가 현을 긋는다. 나는 내 마음의 상한 부분을 베어낸다. 죽을 것 같은 마음을 도려내고 그림을 받아들인다.

'그래. 그림을 그려보자.', '내 삶이 어떻게 바뀌는지 보자고.'

지금도 나는 자유로를 자주 달린다. 나를 성찰케 하는 와사등 예수님을 만나러 자유로를 달린다. 꼭 신선이 살 것 같은 심학산 안개구름을 보러 파주로 간다. 나르키소스는 아니지만 지지향 뒤편에 있는 연못 속을 들여다보러 파주로 간다. 그 사이 석양이 나무들 사이로 스며드는 그 까만 모습 보러 자유로를 달려 파주로 간다. 이 모든 것은 자유로가 내게 준 기적이다.

아우토반, 길은 우리에게 새로운 길을 준다. 윤동주 시인의 「새로운 길」을 속으로 읊어본다. 어디에나 있는 새로운 길, 우리 삶 평범한 곳, 어디에나 있는 새로운 길 찾아 나서는 것은 해답이다. 우리 삶에 정답은 없다. 자유로는 내게 숨통을 트여주는 새로운 길이다.

03

도시와 시골, 9분의 거리

서울 끝자락에서 딱 9분이다. 논술 학원에서 집까지 내가 승용차를 운전하며 가는 거리. 그러나 환경은 큰 차이가 난다. 논술 학원은 5호선 근처, 서울이지만 공기가 청정하고 정겹기까지 하다. 학원에서 가까운 근린공원은 넓고 쾌적해서 구민의 사랑을 받는 곳이다. 산 둘레를 따라 소로가 잘 정비되어 있어 산책하기에 안성맞춤이다. 그곳도 좋았다. 그 근처에 있는 아파트에서 근 10년을 살면서 자연의 혜택을 많이 받았다. 또 교통도 편해서 서울 시내까지 삼사십 분이면 갈 수 있었다.

3년 전, 나는 동생 따라 강남 말고 이곳 골드 라인 근처로 이사를 했다. 역세권으로 형성된 아파트. 이천 세대가 넘는 단지다. 교통은 좀 불편하다. 자동차를 운전하면 그나마 편하다. 한 시간 안에 내가 가고 싶은 서울 시내에 갈 수 있다. 그러나 지하철과 버스로 이동한다면 이야기가 달라진다. 아무튼 동생 따라 이사 온 이 집은 너무도 편리하다. 우선 조경이 맘에 든다. 유럽을 여행해본 사람이라면 여기저기 떨어진 나뭇잎과 도토리를 많이 봤을 것이다. 도시와 시골이 공존하는 유럽 말이다. '얼마나 아름다운가?' 집 근처가 그런 곳이다. 10년 이상 된 나무들이 뿜어내는 자연은 말 그대로 아우라가 있다.

아침이 오기 전 새소리에 눈을 뜬다. 내 집 앞 소나무에서 새들의 새벽 모임이 있는지 '깍깍', '삐삐', '구구', '뻐억국' 소리에 잠을 깬다. 멍멍이 소리가 섞여 있을 때도 있다. 베란다를 열어본다. 새들이 이 나무에서 저 나무로 푸더덕 날아다니고 쫓겨 다닌다.

보도블록에서는 일찍 나온 아파트 고양이들이 어슬렁거린다. 비라도 부슬거리며 바람이 함께 불면 땅바닥은 나뭇잎 그림이 그려진다. 꽃잎 만다라, 만다라 그림이 여기저기 꽃무늬를 수놓는다. 아파트 길 따라 걸으면 합일을 체험한다. 나뭇잎이 꽃잎처럼 떨어져 있다. 벌떡 일어나 수영복을 챙겨 들고 커뮤니티 센터로 가는 길, 까치 떼가 난리다. 연못에서 얼굴을 씻는지 연못 가까이 맴돌며 또 깍깍거린다. 요즘은 매미 소리도 한몫을 한다. 이렇게 시골의 아침 소리를 듣고 있으면 내 마음도 맑아지며 괜스레 분주하다.

집에 머무는 낮 시간은 짧다. 낮 소리는 이렇다. 어쩌다 일요일 날 아파트와 아파트 사이 중간에 마련된 소형 축구장에서 아이들이 공차는 소리가 들린다. 젊은 아빠 엄마들이 아이들과 배드민턴을 치거나 농구공을 던져주며 자전거와 킥보드를 가르쳐 주느라 또 분주하다. 그 모습도 나무들과 어울려 멋지다.

퇴근을 하고 저녁이 되면 또 소리가 달라진다. 연못의 분수도 꺼지고 새소리가 잠잠하다.

이제 다른 소리의 주인공이 나올 시간이다. 바로 개구리 소리가 아주 시끄럽다. 그 사이사이로 멍멍이들의 산책 시간이 이어진다. 목줄을 한 강아지들이 주인의 사랑을 받으며 아파트를 산책한다. 서로 만나 왈 왈 왈 짖기도 한다. 매미 소리도 들린다. 가끔 판소리에서 얼쑤라는 추임새 소리처럼 '맹꽁' 소리가 들린다. 예전에 살던 곳하고는 소리부터 다르다. 내 귀가 자연의 소리를 흡수한다. 창문을 열어놓으면 바람 소리도 사각사각 들린다. 서울과 아라뱃길을 사이에 둔 이곳은 도시와 시골의 공존이다. 소리부터 다르다. 9분의 차이로 소리가 달라진다. 소리도 다르고 바람 냄새와 바람 세기도 다르다.

내 집에서 조금 더 한강 쪽으로 가면 아버지 집이 있다. 아직 두 분이 살아계셔서 옛집을 지키고 있다. 아버지 집은 사람 소리보다 자연의 소리가 더 많다. 거기는 족제비도 드나들고 내가 직접 고라니를 본 적도 있다. 서울서 멀지 않은 곳인데, 자연이 살아나고 있는 근교 시골의 모습이다. 그곳에서 나고 자란 나는 소리에 민감하다. 내 신체 구조를 미세하게 살핀다면 양 귀는 당나귀처럼 삐죽 나와 있을 것 같다.

늦가을 밤나무잎을 쓸고 가는 회오리바람 소리를 들어보았는가? 쓸쓸한 공기가 획획거리며 가슴을 후벼 파고 구멍을 내고 마당 비가 가슴을 쓸고 가는 체험 말이다. 내 귀는 유난스럽게 소리가 잘 들린다.

젊은 날은 어떤 소리에 민감했을까? 아이들 싸우는 소리, 사람들의 욕심 소리가 들렸다. 중년의 귀는 자연의 소리를 귀에 담는다. 귀가 순해지는 나이가 있다. 이순. 내 커다란 귀는 늘 베란다에 걸어둔다. 9분의 소리를 담기 위해. 도시과 시골의 공존 지대를 살고 있는 나는 사막여우 귀도 가지고 있다. 도시와 시골의 공존 9분 거리에 내 집이 있다.

04

인생 호황기를 사는
나는 소박파

르네상스는 '재생' 또는 '부활'이라 부른다. 중세 미술에서 르네상스의 태동을 보여준 조토(이탈리아의 화가 및 건축가)의 그림은 그전 화가들에 비해서 공간적이고 입체적이고 색도 화려하다. 요즘 나는 내가 하고 싶은 일을 아주 재미나게 살고 있다. 내 인생의 호황기를 맞아 나를 재발견하고 나를 새롭게 태어나게 하고 있다.

이십 대는 하고 싶은 것이 불투명해서 못 했고, 삼십 대는 시도조차 어려웠고 사십 대는 사느라고, 생활고가 바빠서 아웃풋이 없었다. 인생 전반기에 하지 못했던 아웃풋을 지금 하고 있다. 그동안 그려놓은 그림을 전시하고 있다. 난 미술 학도가 아니었다. 그냥 색이 좋은 사람이었다. 스케치만 하고 캐릭터를 취미 삼아 그리는 논술 선생님일 뿐이었다.

그런 내가 화가가 되고 지금 갤러리나 화려한 미술관 전시를 하는 것은 아니지만 나름 의미 있는 카페 그림 전시를 하고 있다. 신촌 카페 파파에 이어 소도시 고촌읍 씨씨 카페에서 그림전시회를 하고 있다. 씨씨에 오는 손님들은 내 그림을 자세하게 살펴본다. 또 짧게 쓰인 시를 읽으며 좋아한다고 한다. 그림이 많이 판매되면 좋겠다.

사장님은 내게 공간을 내어주고도 늘 고맙다고 말한다. 내 그림은 10호에서 100호까지 다양하다. 아크릴화 그림이다. 내가 쓰는 색은 야수파요. 내가 그리는 형태는 소박파다. 그림을 제대로 배운 적이 없는 나는 내 맘대로 그림을 그린다. 그래서 소박파라 내 맘대로 이름 붙였다. 난 앙리 루소를 모델로 삼는다. 색깔을 좋아하는 나는 전통적인 색은 피하고 싶다. 내 맘대로 칠하다 보니 똘끼 색이 나오기도 한다. 내 색깔은 야수파를 닮았으니 마티스를 우러른다. 나는 일본 미술관 투어에서 사온 마티스 도록을 거의 끼고 산다.

"너무 바쁘게 사는 거 아니야?"
"대단하네."
"어떻게 그 많은 스케줄을 소화하셔."
이런 소리를 많이 듣는다. 인생의 호황기를 누리고 사는 나는 중년 후반기 인이다. 그랜드 모지스 할머니가 76세부터 그림을 그렸다면 나는 사십 대쯤부터 그림을 그렸다. 손이 움직여서 그렸다. 나는 손으로 하는 것을 좋아한다. 내 직업은 논술 선생님. 책 읽기가 주로 하는 일이다. 평일에는 학원에서 학생들에게 책 읽기와 글쓰기를 지도한다. 이런 내가 그림을 그리는 일은 쉽지 않다. 논술 수업 시간을 뺀 나머지 시간을 이용해서 그린다. 주로 새벽이나 늦은 오후, 그리고 휴일 정도다. 다행한 것은 내게 몰입력이 있다는 것이다. 그림을 시작하면 5시간을 쭉 넘기기도 한다.

호황기에도 걱정거리는 있다. 몸이 한군데씩 아프다는 것이다. 손가락이 아파서 병원에 가서 엑스레이를 찍었다. 퇴행성 관절염 시작이란다. 갑자기 먹구름이 몰려와서 우울한 시간을 '꿀꺽꿀꺽' 참으며 견뎠다. 유튜브에서 보았던 틀어진 손 마디가 떠올라서 무서웠다. 견딜 수가 없었다. 그림도 그릴 수가 없고 책도 눈에 안 들어왔다. 인생 뭐 있냐? 주춤하고 있다가 습관대로 책을 읽었다. 내가 좋아하는 미술 에세이였다.

'에라, 한 번 사는 인생이다.', '힘내자.'

혼자 화이팅을 한 시간은 새벽이다. 내게 즐거움을 주는 취미 생활인 미술 에세이는 나를 살리기도 하고 눈을 혹사시키기도 한다.

'손가락을 아끼자, 이제부터 집안일은 안 하는 거야.'

가족들에게 양해를 구했다. 남편은 "내가 다 할게."하며 출퇴근 이후 살림을 한다. 김 상인 딸은 반려견 목욕을 시켜 주고 빨래를 정리해 준다. 그동안 내가 다 하던 일들을 안 하니까 세상 편하다. 내 인생의 황혼기 맞다. 밥. 빨래, 청소에서 손을 놓은 지가 한 달이 되어간다. 조금 지저분하게 살자. 되는대로 살기로 마음먹으니 편하다. 더 힘들어지면 도우미를 쓸 생각이다.

아무튼 나는 요즘 인생의 황혼기를 맞아 그림 같이 살고 있다. 모닝 수영은 6시. 집으로 돌아와서 쉬면서 책을 읽거나 글을 쓴다. 반려견의 배변을 시킨다. 요즘 쓰고 있는 에세이가 있어 집중하기 좋다. 너무 재밌어서 쭉쭉 글이 넘쳐난다. 몰입의 덕이다. 아점을 먹고는 출근을 한다. 학생들을 맞이하기 위해 좀 준비를 한다.

남는 시간은 미술책 읽기를 한다. 수업을 하고 저녁이 되면 나는 앞치마를 두르고 그림에 몰두한다. 우리 가족들은 모른다. 손가락이 아픈 가운데도 그림을 그린다는 것을 알면 아마 뭐라고 할 것 같다. 지금은 비밀이다. 내가 논술 수업을 늦게까지 하고 있는 줄 알 것이다. 나는 야수파의 색을 휠휠 날 듯이 칠한다. 형태와 실루엣은 소박파를 닮아 대칭은 어그러지고 자기 세계에 빠져든다. 그림은 자기의 내면세계를 그린다는 게 정답이듯, 나는 내 어린 페르소나를 주로 그린다. 꽃과 사람 그리고 신화가 내 그림의 주요 테마다.

나는 그랜드 모지스 할머니만큼의 나이는 아니지만 중년 막바지를 살고 있다. 자꾸 더 하고 싶은 것이 많아져서 마음에 무지개가 떴다 졌다 한다. 좌절되면 비가 내리고 더 좌절되면 진눈깨비가 내린다.

나는 국내 전시뿐만 아니라 해외 전시가 너무 하고 싶어진다. 어떤 화가는 해외미술관 투어로 한 달 살기를 한다고 했다. 멋진 삶이다. 나도 해외 전시를 하고 싶다. 내 그림 200점을 완성해서 우선 일본을 시작으로 미국, 프랑스, 스페인, 하와이…. 할 수 있는 곳에서 모두 전시를 하고 싶다. 카페 전시를 주로 하고 싶다. 내가 정착한 주변이나 지인들이 살고 있는 집 근처 카페를 정해 한 달씩 순회 전시를 계획해 본다.

내 인생의 르네상스는 그냥 온 것이 아니다. 어둡던 중세 시기. 자녀들 교육과 초기 중년 우울로 또 밥벌이 시기를 지났다. 르네상스 태동기 화가는 조토다. 내 르네상스 태동기는 책이다. 읽은 책이 임계점을 지나자 아웃풋이 나왔다. 시가 나왔다. 그림이 나왔다. 그림을 출품해서 입선, 특선, 최우수상을 받았다. 화가가 되었다. 나의 아웃풋은 책에서 나왔다.

책 만 권을 넘어 읽었더니 이런 일이 생겼다. 지금 관절염으로 손가락은 아프지만 르네상스 시기를 살고 있는 나는 곧 농막도 생길 것 같다. 그곳에서 꽃도 가꾸고 야채도 키우고 작업도 하게 될 것 같다. 수능 시험이 끝나고 어떤 만점자가 인터뷰를 하는 걸 봤다.

"교과서만 읽었는데 1등을 했어요."

"예습 복습만 했는데 서울대에 갔어요."

이런 소리를 들으면 "뭐야.", "천재야?", "아니, 학원을 안 다녔다고?" 학생들은 불만의 소리를 한다. 그러나 나 같은 논술 선생님들은 안다. 그 학생 독서광이었구나! 맞다, 독서가 그 학생을 키운 것이다. 책으로 안 될 것은 없다. 성공 뒤에 있는 독서의 힘을 믿어야 한다. 나 또한 읽은 책으로 이런 아웃풋을 내며 인생 황혼기를 뽐내며 산다.

그렇다고 내가 자산이 너무 많다거나 쌓아둔 현금이 많은 것은 아니다. 그냥 내 직업에 충실했던 책 읽기가 나를 키운 것이다. 무엇인가 손에서 놓지 않고 해낸 루틴은 본인을 인생 어느 시기든 르네상스로 이끈다는 것을 잊지 않았으면 한다.

05

매미가 부러운 까닭

경제적 어려움에 대한 의견 충돌은 남편과 주기적으로 겪어야 하는 일들이다. 맞벌이를 하지만 두 아이를 사립초등학교에 보낸다는 일은 결코 쉬운 일이 아니다. 우리는 무리한 겉옷을 입고 있다. 그것도 껍질이 단단한 옷을 입었다. 결혼 전에 근무했던 곳에서 알게 된 사립초등학교 이야기는 결혼 후 내 아이들에 대한 기대가 되었다. 오늘도 돌아오는 학비와 스쿨버스비 그리고 학원비 문제로 남편과 싸우고 있다. 사립학교 학비는 일 년에 네 번을 낸다. 그때마다 우리 부부는 조금씩 말다툼을 한다.

아파트 뒤편에 있는 오솔길은 여름이라 나무들이 한껏 초록색이다. 나무의 한창때이다. 제법 굵은 나무 밑에는 다시 돋아난 풀들이 자라고 있다.

'아, 분해.'

'내가 잘못한 게 뭐야?'

'사립학교를 보낸 건 나 혼자 한 일인가?'

'함께 의논해서 보내놓고 왜 딴소리야.'

남편은 아들의 교복 입은 모습을 보고 좋아했다. 또 베레모가 멋지다고 아들 녀석을 이리 세워놓고, 저리 세워놓고 사진을 찍어 주었다. 남편은 꼭 학비 낼 때가 오면 저리 심통을 부렸다.

'자기가 더 벌던지. 월급은 쥐꼬리만 해가지고.', '에휴', '에휴'

혼자 분을 삭힐 수가 없었다. 오솔길을 따라 혼잣말을 하고 있다. 나무줄기에 살구색 벌레가 붙어 있다. 자세히 들여다보다 나무에서 떼어내 만져봤다. 매미 껍질이다. 매미 껍질을 쓰다듬어 보았다. 울퉁불퉁하다. 옷을 벗어놓고 몸만 빠져나간 외투 같았다. 등은 쫙 갈라져 있었다. '얼마나 시원할까?' 등 쫙 가르고 무거운 외투를 벗은 저 느낌에 나는 살짝 목이 메었다. 매미가 부러워서 조금 울었다. 내 어깨와 등에 진 이 짐들을 벗을 수만 있다면 얼마나 개운할까? 나도 매미처럼 등 쫙 가르고. 탈갑이다. 탈갑. 벗을 탈에 껍질 갑. 나의 모든 짐을 벗고 싶었다. 매미는 저 나무 어디쯤에서 짝짓기할 애인을 애타게 찾고 있을 것이다.

"매엠매, 매엠매, 맴매." 매미 소리가 맴매로 들린다. 나는 지금도 예수님을 믿는다. 갑자기 나의 경제난을 보고 계시던 하나님이 맴매하며 호통을 치시는 것 같다.

"맴매, 맴매, 맴매." 내가 나를 때려가며 오솔길을 걸었다. 아파트를 천천히 두 바퀴를 돌아도 내 몸에 무거운 옷은 벗겨지지 않는다. 이성이 말을 건넸다.

내일 아버지한테 좀 도와달라고 손을 벌려야겠다. 아버지밖에 없네. 계획을 세우자 용기가 났다. 집었던 매미 껍질은 나무 밑에 다시 놓아두었다. 옷을 바로잡으며 현관문을 열었다. 아니, 남편은 내가 나간 그대로 거실 소파, 그 자리에 그림 같이 앉아 있었다. 겉옷을 벗지도 못하고.

'에휴, 저 등신 뭐야.'

'방구석 여포, 집에서만 잘난 체를 하지, 아무 도움도 안 되네!'

'좀 더 벌어와. 더 벌어오라고.'

돈 잘 버는 제부를 비교하며 속으로 원망을 쏘아붙였다. 조금 나아진 분이 다시 올라온다. 남편이 입고 있는 점퍼, 저 겉옷을 확 벗겨 버리고 싶다.

'어, 늙은 매미 씨? 옷 좀 벗고 새롭게 태어나셔. 제발 돈 좀 많이 벌어오시라고.'

내가 좀 착해서 속으로만 언어를 삼켰다. 등이 더 딱딱해 온다.

나는 망부석 남편을 지나 샤워실로 들어갔다. 겉옷을 쫙 벗고 속옷을 벗고 등줄기에 물을 맞았다. 시원하다. 나는 껍질을 벗을 수 없다. 그러나 이 샤워 의식을 통해 무거운 등에 있던 삶의 찌꺼기, 돈 문제, 불통의 문제들을 씻기로 했다. 흐르는 물을 타고 술술 내려가는 느낌이었다. 한참을 물줄기에 등을 맡긴 채 있었다. 그리고 폴폴 향기 나는 바디 샴푸로 몸의 찌기를 삭삭 씻어냈다. 샤워는 성공이었다. 마음도 개운해졌다.

얇은 옷으로 갈아입었다. 훨씬 마음이 가볍다. 눈앞에는 매미 껍질이 아른거리고 귓속에서는 '맴매 맴매' 소리가 들린다. 다시 짜야겠다. 인생 계획표를 말이다. 어떤 곳에 절약을 하고 어떤 곳에 투자를 하고. 내 욕심의 껍질을 하나씩 정리하면 될 것이란 깨달음 같은 것이 왔다.

아이들은 아빠 엄마의 다툼 소리에 침묵인지! 각자의 방문을 닫고 있다. 아이들도 나의 욕심으로 어떤 무거운 옷을 입고 있는 것은 아닌지? 남편의 등에도 내가 지워준 껍질이 많을 것이란 생각을 한다. 껍질은 내가 만들고 내가 벗어야 한다. 매미가 자신의 몸을 가늠하고 훌러덩 껍질을 벗듯. 나

하나가 제대로 된 옷을 입어야 우리 가족의 옷 무게가 작다는 것을 빈 매미 껍질이 가르쳐 주었다. 생물학자 최재천 박사는 "손잡지 않고 살아남은 생물은 없다."라고 말한다. 인간과 생물 또 인간과 인간, 서로 손을 잡아야 이 세상을 살아갈 수 있다는 것.

'내일 아버지를 찾아 뵈어야지!'

'헉, 아버지의 어깨에 또 짐을 주면 안 되는데!'

그래도 우선 내 어깨에 있는 무게부터 줄이고 싶은 욕심이 앞선다.

06

꽃과 나무 사이 함수관계

불안했던 청소년 시절, 자신에게 안정감을 주었던 어떤 것들이 있을 것이다. 나에게도 있었다. 나무, 꽃을 좋아하는 사람? 손들어보시오. 열 명이면 아홉은 저요, 저요,라고 대답할 것이다. 나는 나무를 좋아한다. 나무는 언제 보아도 든든하다. 내가 어릴 때 산 곳이 야산이어서 그럴 수도 있다. 나는 나무 자체가 사랑스럽다. 거친 나무줄기와 뻗어 나간 가지와 초록 잎사귀와 그리고 열매까지도 모두 사랑스럽다. 간혹 벌레 먹은 나뭇잎을 만나더라도 그렇게 정겨울 수가 없다.

시골(아주 시골은 아니다. 지금은 교통이 좋아져서 40분이면 광화문 교보문고에 도착할 수 있는 곳이다.)의 겨울은 삭막하다. 겨울은 밭과 논에 초록을 모두 거두어간다. 하늘은 높고 그나마 나무가 초록이다. 그것도 소나무 종류가 그렇다. 청소년기 한참 색에 대하여 예민하던 때, 디자인에 대하여 관심이 많은 시골에 사는 소녀(나)는 너무도 공허했다. 무미건조한 겨울을 살아내는 일은 많은 인내를 필요로 했다.

만나는 사람은 가족뿐이고 딱히 할 일도 없는 겨울. 지루한 일상들! 공부는 하기 싫고. 무채색의 겨울을 살아내는 일은 어려운 일이었다. 눈이라도 내리면 그래도 나았다. 흰 눈이 햇빛에 반사되어서 이상야릇한 하양 스펙트럼을 보여주었으니까. 그러나 눈이 녹기 시작하면 또 땅은 질척이고 어디 갈 곳도 없는 그 막막함에 소녀(나)는 멍하니 다시 하늘을 올려다보곤 했다. 그러다 석양이 질 때 산을 넘는 태양이 너무도 아쉽고도 부러웠다. 나도 어디든 넘어가고 싶었고, 붉은색을 맘껏 뿜어낼 수 있는 석양이 부러웠다. 나중에 인문학을 통해 알게 된 사실, 그 석양의 시간이 늑대의 시간이라고 했다. 저녁 5시쯤, 해가 넘어갈 때 인간은 불안하고 우울하고 또 황홀경을 경험한다는 이야기를 듣고, 나의 불안했던 그 소녀 시절이 떠올랐다.

붉은 석양이 산을 넘을 때 한 가지 자신의 자리를 지키던 것이 있었다. 나무, 나무다. 나무들은 묵묵하게 자신의 모습을 보존했다. 불안하던 나에게 나무가 보여주었던 그 실루엣이 든든하고 멋있었다. 태양이 사라짐으로 불안했던 감정, 나무 덕분에 안정감을 찾았던 것 같다. 어느 날인가는 지는 해 속으로 새가 날아올랐다. '저 새는 어디로 가는 걸까?' 나도 따라 날고 싶던 청소년기!

허구 같은 세상 속에 실체로 남아 있던 나무가 고마웠다. 그래도 시골의 자연은 멈추지는 않았다. 지루하던 겨울을 보내고 나면 봄이 오고 까맣던 가지에서 연두 싹이 나왔다. 잎은 점점 자라 초록 우산을 만들어 주기도 했다. 그 나무에서 여름엔 새 소리와 매미 소리가 크게 들렸다. 오케스트라 합창 소리로 짙은 초록 잎을 키우던 나무가 열매를 맺으며, 따가운 햇빛을 모두 받아내었다.

나뭇잎은 빛이 났다. 그 여름날은 내 머리에도 햇빛이 따가웠다. 열매가 다 익어가면 초록 나뭇잎은 갈색으로 옷을 바꿔 입었다. 가을이다. 짙은 갈색 나뭇잎은 자신을 나무에서 떨어트리며 생과 사의 시간성을 알려주었다.

다시 겨울을 맞았다. 나무는 사계절을 오롯이 견디어냈다. 살아서는 곤충과 새들의 보금자리를 내어준다. 물론 인간에게도 이로움을 준다. 이산화탄소는 가져가고 시원한 산소로 우리 폐를 숨 쉬게 한다. 또 그늘을 만들어 우리를 시원하게 해준다. 자연을 좋아하던 소녀는 이제 중년이 되었다.

요즘은 나이가 들어가는지 나무 사이로 피어난 붉은 꽃이 눈에 보인다. 수줍음도 없이 자궁을 맘껏 드러내고 피어있는 꽃이 아름답다. 그 꽃이 너무도 어여쁘다. 아파트 화단에 꽃들이 한창 예쁘다. 나비와 벌이 와글거린다. 겨울이 오는 것이 아직도 두려워 나는 내 베란다에 사철 꽃피는 제라늄을 키운다. 제라늄은 분홍색과 빨간색과 주황색도 있다. 나는 꽃이 피어있는 화단을 정말 좋아한다. 나무를 사랑하던 나는 중년 부인이 되자, 이제 든든했던 나무보다 꽃을 더 좋아하는 것 같다. 꽃이 다시 피어날까? 기대를 거는 것인지 활짝 핀 꽃이 좋다. 자꾸 꽃에 미련을 둔다. 이 표현이 맞는지는 모르겠다.

제3의 인생은 농가 주택과 함께 주택에서 살 것이다. 많은 꽃을 심고 그 꽃이 붉음과 분홍으로 피어날 때, 그 옆 한적한 귀퉁이에 하얀 의자를 준비할 것이다. 그곳에 앉아 꽃 자궁 속에 와글거리는 꽃과 나비, 벌들의 입맞춤을 감상할 것이다. 꽃과 나비, 벌의 춤, 나무가 살랑살랑 바람에 흔들린다면 의자에 앉은 나그네(나)의 가슴에도 꽃이 필까? 생각해 본다. 농가 주택 앞에는 노란 누드를 한 베키아 300그루와 장미꽃이 심겨 있을 것이다. 나무와 꽃과 내가 벌이는 놀이(감상)에 님들을 초대하고 싶다.

혹시 한강변에 나지막한 농가 주택과 하얀 의자 그리고 넓은 꽃밭이 있거든 마당으로 들어오시라. 들어와 보시면 꽃밭 주변으로 푸른 솔나무와 보리수나무와 파초나무가 당신을 반길 것이다. 솔도 좋고 벚꽃도 좋다던 어느 시인의 말처럼 나이가 들어가니 초록 나무와 풀과 꽃이 더 가까이 다가온다. 이런 것들은 자연으로 돌아가는 길(죽음)에 가까이 가는 의례 행위일까? 주어진 삶을 튼실하게 여유롭게 살아낼 수 있기를 바랄 뿐이다. 나무도 좋고 풀도 좋고 꽃은 더 좋아지는 똘끼 여사!

나무와 꽃을 좋아하시는 분, 다시 손들어 주세요. 똘끼 여사와 이웃하기로 해요.

나의 카이로스 시간

거실 시계가 째깍째깍 소리를 낸다. 다급하게 그리고 느리게 소리를 낸다.
"차 향기가 좋은데요.", "어디서 사 오신 거예요?"

우리집을 방문하는 젊은 손님들은 식사를 하고 꼭 차를 마신다. '벚꽃나무 필 때에 우리집서 차 한잔하세.' 하이쿠를 짓던 그 풍치는 아니더라도 차를 마시는 내 집에는 파초나무가 있어 조금 운치가 있다. 비를 흠뻑 맞게해 줄 수 없는 것이 파초나무에게 미안하다. 차를 마시고 나면 하는 일은 나무 퍼즐 맞추기 3종 세트를 완성하는 일이다. 기린 퍼즐, 코끼리 퍼즐, 테트리스, 7조각 게임. 이런 키덜트 놀이가 우리집에 있다. 놀이를 하는 젊은이들의 눈에는 빛이 있다. 5살 아이들의 호기심이 머문다.

나도 가끔씩 도미노 퍼즐을 거실 중앙에 늘어놓을 때가 있다. 오늘 하루 교육 서비스를 하며 몸과 마음이 절인 날은 내 몸의 상처 난 세포, 구멍 난 스피릿을 복구하기 위해 도미노 놀이를 한다. 나를 재생시키는 놀이. 늘어 놓고 부수고 쓰러뜨리고 세워놓는 놀이는 생성과 파괴의 의식이다. 나만의 의식을 치르며 도미노에 열중한다. 나를 회복시키는 의식이다. 큰 상처가 아니더라도 인간의 희노애락은 온전할 수 없다. 이 세상 하루를 살아가려면 햇빛에 데이고 그늘에 아파하는 마음이 존재하게 된다.

내가 우아한 중년으로 살아가는 데에는 아이의 모습이 있다. 아이는 호기심이 있다. 뭐든 신나 한다. 놀이에 빠지면 자신을 잃어버리고 타자와 합일한다.

"엄펑이네는 내가 근무하는 어린이집 장난감이 있네."하며 신기해하는 지인도 있다.

"난 이런 거 다 버렸는데.", "아이들 놀이를 왜 어른이 해."하며 이상한 눈으로 보는 사람도 있다. 그러거나 말거나 내 거실엔 키덜트 놀잇감이 살아 숨 쉰다. 내 속사람 아이는 6살, 논리적인 일을 한 아이는 쉬고 싶어 한다.

'너무 어려웠어.', '오늘의 칸트. 미적 아름다움.', '판단력 비판.', '푸코의 파놉티콘.'

'내가 조금만 더 이들과 대화를 했다면 난 죽었을 거야.'하며 어린아이는 하루의 피로를 이 거실에서 푼다. 세우고 늘어놓고 줄줄이 쓰러트리고 또 넘어트린다

내게 생성과 파괴 의식을 느낄 수 있게 해 준 것은 페르세포네다. 지상의 꽃들은 3개월을 피워내면 스르르 꽃 바퀴를 오므려 죽음을 맞이한다. 지하의 신 하데스가 지상의 외출을 마친 페르세포네를 납치할 시간이다. 페르세포네는 하데스의 품에 싸여 지하의 계단으로 내려가고 먹음직스러운 석류를 한입 베어 문다. 데메테르의 간절한 목소리가 가을 바람과 겨울 추위를 불러와도 페르세포네는 꿈쩍도 안 한다. 아니다 알고도 못 들은 척, 하

데스의 사랑과 맛있는 붉은 석류알을 포기하지 못한다.

이른 봄바람에 연두 민들레잎이 뾰족뾰족 뿔을 내밀 때에 요정들의 소리를 듣고 생각난 지상의 엄마 목소리! '엄마'하고 부르며 지하의 계단을 오르는 페르세포네의 외출은 지하 4개월 만이다. 그리스 로마 신화의 4개월 주기는 죽음의 시기다. 이제 새로운 탄생을 축복하려고 한다. 내 거실에서 혼자 하는 도미노 게임도 재생과 회복의 시간이다. 이런 일상의 심리 알고리즘을 알게 해 준 그리스 로마 신들의 이야기는 내가 애정하는 책이다.

지상의 데메테르, 지하의 페르세포네. 입구에 막혀 서로 손 잡을 수 없지만 아이가 되고 싶은 내가 있어 두 모녀를 이어준다. 재생과 파괴, 죽음과 탄생 놀이는 그렇게 내 거실에서 젊은이를 초청해서 미리 준비시킨다.

"어서들 해봐요." 테트리스를 무늬대로 맞추기 5분 20초, 색깔 별로 맞추기 8분 1초, 두 손으로 맞추기 4분 4초. 놀이에 빠지면 거실 중앙에 걸려 있던 시계가 늘어진다. 살바도르 달리가 시계를 한없이 늘리고 있다. 나의 키덜트 놀이 시간이다.

내 키덜트 놀이 시간은 거실의 시계를 늘어지게 한다. 시계의 시간이 크로노스*를 넘어 카이로스**가 된다. 각자의 퍼즐에 빠진 젊은 친구들의 얼굴에 새로운 빛이 난다. 내 중년의 우아함이 조금이라도 있다면 내가 카이로스의 시간을 즐기기 때문이다.

마음과 정신의 휴식을 원하시는 분 언제든 내 거실, 키덜트의 공간으로 당신을 초대합니다.

* 크로노스: 자연스럽게 흘러가는 물리적인 시간을 뜻하는 말.

** 카이로스: 물리적인 시간 안에서 자신이 특별하고 의미 깊게 여기게 되는 시간을 뜻하는 말.

8

나 혼자
폼나게 산다

나는 단독자로 산다

내가 단독자[5]?

아님 의존자?

여러분은 어디에 동그라미를 그려줄 것인가?

나는 완벽한 단독자는 아니지만 단독자가 되고자 노력하며 산다.

'단독자'하면 라이프니츠를 생각하게 된다. 그의 책에서 모나드[6]와 단독자가 나왔으니까.

그래도 나는 단독자다.

나를 내가 책임진다고 해야 하나? 경제력이 있다고 해야 하나?

질문이 많아진다.

_____

5 키르케고르의 실존주의 철학 용어. 인간은 전체성만으로 판별되지 않는, 주체적이고 개별적인 존재임을 뜻하는 말.
6 라이프니츠의 철학 용어. 넓이나 형태를 지니지 않은 가장 최소 단위의 실체를 뜻하는 말.

나는 남편과 아이들과는 상관없이 내 의지대로 산다. 물론 직장을 다닌다. 설거지와 빨래, 집안 대소사도 참여한다. 다른 사람들처럼. 그러나 남편을 먹여 살리거나 자식들에게 헌신하며 살아가지는 않는다. 아이들을 고등학교까지는 세심하게 돌봤던 것 같다. 그 후로 우리 가족은 스스로 살아가는 것이 우리집의 루틴이 되었다.

내가 단독자로 살 수 있었던 것은 친정 엄마 덕분이다. 엄마는 대가족 속에서 우리 5남매를 키우기 위해 야채 장사를 했다. 돈을 벌었다는 이야기. 농사도 지었다. 남편(아버지)에 대해서도 의지하기보다는 자신의 일을 스스로 찾아 작은 자유를 누렸던 것 같다. 할아버지와 할머니. 삼촌들 사이에서 엄마가 가족들의 눈치를 보지 않고 집 밖을 자유롭게 오갈 수 있었던 것은 경제 활동이라고 생각했다.(나는 그렇게 생각한다.)

여자도 배워야 한다. 돈을 벌어서 살아야 한다. 말은 하지 않았지만 엄마의 경제 생활과 자녀 교육은 나를 홀로 서게 도왔다. 야채 장사, 엄마의 희생이 나를 단독자로 살게 한 걸까? 아무튼 시골 동네에서 5남매만 모두 대학을 나왔고(전문대학 포함) 더러는 대학원을 졸업했다.

무조건 경제력을 가졌다고 해서 단독자로 살 수 있는 것은 아니다.
내가 내 의지를 가지고 개인으로 살 수 있는 것!

오랫동안 읽어온 책, 인문학의 영향도 있을 것이다. 인문학을 공부하기 시작한 지 10년이 넘는 나는 지금도 일주일에 한 권의 책을 읽고 발제를 준비해간다. 철학책일 때도 있고 고전 소설일 때도 있다. 인문 선생님은 말한다.

"여러분은 개체가 아닌 개인으로 살아야 합니다. 단독자로 살아야 합니다."

늘 우리에게 목청껏 말씀하신다.

사실 나는 알아들은 것 같기도 하고 못 알아듣기도 한다.

그렇다면 단독자로 살아서 좋은 점은 무엇일까?

모든 것은 내가 결정한다는 것! 책임이 따른다.

그리고 경제력이 있다는 것이다. 나는 남편과 자식들의 손을 빌리지 않아도 내 힘으로 살 수 있는 경제력이 있다. 내가 사고 싶은 책은 내가 고르고 책에 관하여는 내 맘대로 산다.

이것이 내가 단독자로서의 누리는 최고의 혜택이다.

만약 내가 책 한 권을 사기 위해 옷 하나를 사기 위해 남편의 눈치를 보며 산다면 난 죽을 것 같다. 지금까지 내 앞가림은 내가 했으니까, 다행인 삶이다.

처음 광화문 교보문고에서 남편과 함께 책을 살 때의 일이다.

"그렇게 많은 책을 사냐?", "어서 가자.", "또 사냐?"

많은 말을 들었다.

나는 불만이 있으면 당신은 따라오지 않아도 된다고 했다. 책은 사서 읽어야 했다.

보이지 않는 싸움, 줄다리기를 몇 년에 걸쳐서 했다.

급기야 "내가 벌어서 내가 사는데, 당신이 무슨 상관?" 막말까지 하며 나의 주장을 굽히지 않았다. 책을 읽을수록 지식만 많아지는 게 아니었다.

다른 성공한 사람들은 어떻게 사나 늘 관심을 가지고 특히 여성, 커리어 우먼들의 책도 꾸준히 뒤적거렸다. 우선 경제적 독립을 해야 한다는 결론을 내리고 내 일에 더 집중했다.

단독자의 혜택은 무엇일까?

바로 내 시간을 확보한다는 것, 여행지를 선택할 수 있고 떠날 수 있다는 것이다. 그렇다고 아무 때나 여행을 떠나지는 않는다.

내가 단독자로 산다는 것은 내가 좋아하는 일을 하며 산다는 것, 좋은 것은 하고 싫은 것은 삼가는 일이다. 나의 소질을 찾아 개발하고 계속 그 길로 나아갈 수 있어서 삶이 지루하지 않다. 몸은 좀 피곤하다.(내가 많이 산만한 탓이다.)

엄마가 좋아하는 일을 열심히 하고 사니까 가족들도 자신의 좋은 일을 향해 전진한다. 나는 말리지 않는다. 어떤 일이든 믿고 해보게 한다. 그래야 그 길이 나에게 맞지 않을 때 그만둘 수 있는 자립을 경험할 수 있어서이다.

우리 가족은 누가 누구를 간섭하기보다는 자신이 좋아하는 일을 하고 산다. 자연적으로 서로에게 간섭과 참견은 시들하다. 누가 말한다고 해서 고

집이 센 나는 듣지 않는다.

　자유롭다. 밥도 별다른 일이 없으면 각자 먹는다. 누가 누구를 챙기거나 의지하지 않는다. 반찬은 더러 사고 더러는 만들어서 먹는다. 딸이 아직 박사 학기 중이라 딸은 조금 봐준다. 화가 나지 않으면 그 일을 하면 된다. 남편이 밥 당번을 하면 나는 빨래를 정리하고 반려견을 돌본다. 또 바꾸어서 할 때도 있다.

　이런 생활의 자유는 내가 단독자로 살기 때문에 가능한 일이다.
　나는 정리를 좋아하고 같이 사는 남편은 음식 만들기를 좋아한다. 그래서 가끔 딸이 퇴근하며 "아빠, 미역국." 하고 주문을 넣기도 한다. 나한테는 음식을 해달라고 조르지 않는다.(다행이다.) 사실 이것은 내가 음식을 못하기 때문이다.

　우리집 미역국은 아빠표다. 남편의 미역국은 맛있다.

　우리 부부가 어쩌다 집에 있게 된다면, 밥때가 되어도 나는 식사 걱정은 하지 않는다. 내 앞에는 책과 노트북과 잡다한 나의 파편들이 즐비하게 있으니, 남편이 보기에는 일을 하는 것처럼 보일 수도 있다. 남편이 알아서 주섬주섬 라면을 끓인다든지, 냉면을 만들어 준다든지 해서 먹는다. 나는 그 음식 맛을 좋아하고 하나의 타박도 없이 맛있게 먹어준다.

　당신도 단독자로 태어났다.

혹시 '나는 의존자로 태어났어.'라고 생각한다면 그것은 착각이다.

계속해서 의존자로 살아간다면 자신의 끼를 살릴 기회는 점점 멀어져간다. 자신의 좋아하는 일이 무엇인지, 정말 하고 싶은 일이 무엇인지, 모른 채 타인을 위해 살게 된다. 나도 모르게 이렇게 살다 보면 상대의 안색을 살피고 그들의 만족을 위해 에너지를 쏟게 된다는 말씀!

그렇게 사는 것은 노, 결국 삶은 지루해지고 나의 속 사람은 점점 쪼그라든다.

왜? 내가 없는 삶을 살기 때문이다. 그러다 자식들이 자라서 독립을 하게 되면 빈 둥지 증후군에 시달릴 수도 있다. 자식을 위해 헌신하던 손길이 할 일이 없어지면 공허하기 때문이다.

내가 좋아하는 일을 하고 살 때 내 삶이 의미 있고 재미있어진다.

늘 살펴야 한다.

내가 무엇을 오랫동안 할 수 있나?

내가 가장 좋아하는 일은 무엇인가?

내가 싫어하는 일은 무엇인가?

내가 남들보다 잘하는 것은 무엇인가?

이런 것들을 알아야 한다. 그러기 위해서는 책을 읽어야 한다. 내 스스로 모든 것을 경험할 수 없다는 것, 다른 사람의 경험을 읽고 직간접 경험으로 내 길을 찾을 수도 있기 때문이다.

나이가 들수록 삶을 단순하게 살아야 한다. 좋은 것은 하고 싫은 것은 버리면 된다.

그래야 인생 끝까지 잘 살았다는 만족감이 있을 것이다.

단독자로 살아갈 나의 미래는 설렌다.

지금 하고 있는 논술 수업도 더 하고 싶다. 내 그림 세계를 더 넓혀주고 싶다. 바람은 일본 예술 대학부에 입학해서 미술을 제대로 배우고 싶다. 일본에서 미술 개인전을 열어보는 것이다. 또 유럽과 미국, 러시아에 있는 미술관을 제대로 투어하는 것이다.

어쩌죠? 하고 싶은 일이 점점 많아져요.

일본어도 배우고 싶고 게스트 하우스도 여러 개 마련해 운영해 보고 싶다. 돈도 되지만 인테리어가 재미있다.

꾸미고 정리하고 세팅하는 즐거움이 나를 살찌게 한다. 그 날을 위해 잠시 두 손을 모은다.

기도하는 손! 아멘.

02

바보야, 몰입은 나를 잊는 거야

"엄마. 또 붓글씨 쓰네." 딸이 말한다. 내가 또 며칠 동안 붓글씨만 쓰고 있나 보다. 정신을 차리고 보니 종이가 수북하다.

"어머, 벌써 이렇게 많이 썼네.", "아무튼 우리 엄마는 몰입의 똘끼 여사 맞네."

딸이 피식거리며 자기 방으로 들어간다.

'젠장, 또 한 가지 일만 했구나, 끙!'

나는 쉴 줄을 모른다. 멍하니 있는 것도 잘 못 한다. 늘 뭔가에 빠져 있긴 하다. 그런데 그 시간이 허리가 아프고 손가락이 아프다. '쉬는 걸까?', '일 하는 걸까?' 나는 뭔가에 빠져 있을 때, 오히려 편안하다.

한 번은 동대문에 실을 사러 갔다. 거실과 화장실. 침대 발치에 떠서 깔아 놓을 러그 실을 사러 갔다. 동대문 실 집은 정말 색의 천국이고 종류도 다양 했다. 한 가지 실, 흰색만 사려고 했던 나는 빨강, 초록, 노랑, 핑크, 파랑, 보라, 주황 실을 골랐다. 무지개 색실을 골라보니 한 보따리가 되었다, 내 마음에 무지개가 활짝 걸렸다. 얼른 집에 가서 코바늘을 가지고 러그를 뜨고 싶었다. 내가 쉬는 것은 이렇게 다른 뭔가에 또 빠져드는 것이다.

직장에서 학생들과 수업을 하고 학부모 상담까지 한 오늘 같은 날은 몸보다 마음이 더 힘들다. 내 안에 담긴 단어의 파편들을 모두 쏟아 버리고 싶다. 좋은 거, 나쁜 거를 떠나 그냥 다 귀찮고 버겁다. 머릿속에 단어의 양이 너무 많아서. 또 거의 1일 1독의 책 읽기를 1주간을 하고 나면 단어가 살아 머릿속을 떠다닌다. 환장한다.

머리를 감고 샤워를 해도 떠나보낼 수 없는 언어 파편들이 있다. 수영장에 가서 수영을 하며 단어들을 물에 놓아 풀 때도 있다. 혼자 상상으로. 아직 머릿속에 쌓여있는 단어들을 잊고 싶을 때가 종종 있다. 그럴 때마다 난 뭔가에 빠져든다. 내가 빠져든 일들은 꽤 많다. 영어 필사, 매일 아침 에세이 영어 필사를 했다. 해석이 되지 않아도 따라 썼다. 손이 아팠지만 뭔가에 이끌려 영어를 썼다. 성경 필사, 하루 3장씩 성경 필사를 했다. 1시간 이상 걸린다. 성경을 필사할 때는 내 믿음이 좋아진다는 착각을 하고 성경 필사를 했다. 창세기부터 출애굽기, 레위기, 민수기를 하다 그만두었다. 또다시 쓸 것이다. 똑같은 그림을 많이 그린 적도 있다. 꽃병에 꽃대를 그려 꽂고 꽃병 안에는 벌레를 잔뜩 그렸다. 밤을 새워 그렸다. 그때는 A4 용지에 그렸다. 연필화였다. 내가 그려놓고도 내가 징그러웠다. 너무 많아서.

요즘은 붓글씨를 주로 쓴다. 캘리그라피의 일원으로 배우는 붓글씨, 'ㄱㄴㄷㄹ' 쓰기가 너무 좋다. 하얀 종이에 까만 글씨가 줄 맞춰 쓰여 있는 'ㄱㄴㄷㄹ'는 내 마음을 편안하게 한다. 집에서 쓰고 또 쓰고 정신없이 같은 글씨를 쓴다. 몇 장을 쓰다 고개를 들어보면 시간이 훅하고 지났다.

내가 누구지? 정신을 차리고 보면 옆에 우리 반려견 엄펑이가 누워서 잔다. 놓았던 정신줄을 챙겨본다. 나를 잃는 순간이다. 몰입인데? 이렇게나 똑같은 글씨를 반복하는 나, 혹 내가 자폐증을 앓고 있나? 의심의 눈을 한 적도 있다. 아무튼 몰입은 나를 잊는다. 단어도 잊고 내가 한 말을 잊고 들은 말을 잊는 것이다. 나는 몰입이 편안하다. 나는 자유롭고 싶어서 뭔가에 빠진다. 빠져도 너무 깊게 빠지는 게 탈이라면 탈이다.

'이거 병인가요?', '내가 나를 잊고 있는 이 시간이 좋은데 병일까요?' 혼자 질문해본다. 나의 몰입은 독서에서도 일어난다. 책을 잡으면 시간 가는 줄 모르고 책을 읽고 있는 나, 재미있기도 하지만 단어에 빠져 책 속에 머물러 있다.

'저 병 아닌 거죠?' 물으면서 또 몰입에 들어간다. 다른 사람들은 더 집중해서 무엇을 하려고 몰입을 한다고 한다. 나는 오히려 잊으려고 몰입을 한다. 옆에 프로이트 님이 있다면 "당신 말이야. 그렇게 빠져드는 것? 그거 자기방어야. 방어기제 쓰는 거라고." 이런 말을 하면서 나를 관찰할 것 같다.

모르겠다. 나는 빠져드는 시간이 좋다. 어떤 날은 아크릴화에 빠져서 5시간 채색을 했다. 시계는 11시, 옆집이 문 닫을 시간이라 청소하는 소리가 들려서, 내가 몸을 일으켰다. 세상에나. 나는 주섬거리며 붓을 씻고 물감을 정리했다. 손을 씻자 배가 고팠다.

누가 "내게 무엇을 기억하려고 빠져 있어?"라고 물으면 이렇게 대답할 것이다.

"바보야, 몰입은 기억하는 것이 아니라 나를 잊는 거야!"

03

혼자 하는 제의(祭儀) 시간

나는 나를 풀어내는 시간을 좋아한다. 흐트러졌던 마음을 가다듬어 바르게 하기 위해서는 제의 의식이 필요하다. 새로운 마음으로 나를 정리하고 정돈하는 시간, 내가 누구인가를 알아차리는 시간을 의미하기도 한다. 사람에게 의식이 필요한 이유는 나를 세우기 위함이다. 제의라 하면 단군의 제사, 또는 종묘 제례 의식, 조상들의 차례 의식을 말할 수 있지만 나는 그것 말고도 생활 속에서 하는 제의가 있다고 생각한다.

우선, 주일마다 교회에서 예배드리기이다. 2부 찬양대를 한다. 아침 8시에 시간 모여 1시간 넘게 찬양 연습을 한다. 2부 예배가 시작되기 전 우리는 성전을 향해 성도들 사이를 가르며 입장할 때 신성한 나를 경험한다.

"에이, 뭐야 걍 걸어갈 뿐인데.", "웃겨. 제의라니?"라고 할 수도 있다.

님들의 말이 맞다. 그러나 주일마다 2부 찬양대 입장을 하며 신성함을 느낀다. 나에게 제의는 수시로 찾아온다. 예술 영화를 볼 때도 너무나도 큰 제의를 느낀다. 영화관에 가면 기쁘거나 슬프거나 멀쩡했던 내가 망가지는 체험을 한다. 영화의 감정선으로 그리고 일상에서 어그러졌던 마음에 털

것을 털고 추스를 것을 추슬러 가며, 내가 간단해지는 체험을 한다. 내가 신성을 깨닫는 시간이다.

이번에 본 영화는 '울지 마, 엄마.' 네 명의 암환자들과 가족들 그리고 그 암환자의 임종까지 다룬 다큐멘터리다. 교사이고, 의사이고, 교사이고 골드 미스인 고모, 이들은 암 진단을 받고 암 투병을 하기 시작한다. 하지만 끝내 사랑하는 가족들과 이별을 하게 되는데, 너무 슬펐다. 2023년 최고의 슬픈 영화다. 암환자들은 하나 같이 자신이 낳은 어린아이들을 두고 떠나는데, 스크린 속에서도 느껴지는 아픔에 관객인 나는 너무도 울며불며 영화를 봤다. 세상에 이토록 가슴 아픈 영화는 오래도록 내 머릿속을 떠나지 않을 것이다. 나는 슬픈 제의에 참여했다.

"오메메, 동생들아, 우리 잘 살아야겠다."

"인생이 이렇구나."

엄마 없이 커 갈 어린 아들, 그 어린 것들을 두고 마지막 임종을 맞는 암환자들은 오열한다. 나도 아이들을 보며 목구멍이 터질 것 같은 아픔을 느낀다. 내가 느끼는 삶의 비애는 깃털처럼 가벼운가? "아휴, 슬퍼."를 되풀이했다. 영화는 나를 울며불며 정화시켜 나갔다.

일상 속에서 느끼는 제의는 여러 가지다. 제의가 필요한 순간이 많다. 나는 혼자 제의하는 천재다. 세 번째 제의 시간을 맞는 나는 비 오는 공원에서 한다. 비가 오면 찾아가는 공원이 있다. 가벼운 우산을 쓰고 무작정 걷는다. 나무 냄새와 흙냄새가 내 코를 간질인다. 나무줄기는 검은빛을 띠고 강한 냄새를 뿜어낸다. 이파리는 치렁치렁거리며 떨어지는 빗물을 받아 내린다. 나는 비 오는 공원의 나무 곁을 걸어가면서 말없이 묻고 답한다.

'내가 하는 일은 언제까지 하지?', '네가 정작 하고 싶은 일은 뭐야?'
'너 어디까지 정직했니?', '내 생은 언제 끝날까?'

삶과 죽음의 질문을 계속해서 하며 묵언 걷기를 한다. 이렇게 묻고 답하며 나를 정리해 나가는 시간은 고요하다. 주룩주룩 내 마음에도 빗물이 차고 넘친다. 제의는 나 혼자 한다. 공원을 여러 바퀴 돌고도 마음이 흡족하지 않을 때도 있다. 그러면 숲길에 머문다. 비 내리는 숲은 내게 미지의 길을 안내한다. 비 오는 날에 하는 혼자만의 제의는 신성하고 고요하다. 빗소리에 이파리가 미친 춤을 출 때도 내 마음엔 고요가 흐른다. 엄숙하고 진지하다. '내가 어떻게 된 것인가?' 컴컴해진 공원과 숲길은 제의 장소로 더 좋다.

어쩌다 마주치는 이웃들도 있다. 외면하고 싶은 내 마음엔 나를 향한 질문이 가득하다.

04

미리 독립시키기 훈련

초등학생 아이를 혼자 미국에 보낸 적이 있는가? 나는 있다.

"나 혼자 미국 못 가." 딸은 투정을 부린다. 딸이 초등학교 2학년 때쯤이다. 1년 전 초등 1학년 때, 엄마와 함께 9박 10일 미국 여행을 한 경험으로 초등 2학년 때는 미국으로 한 달 살기를 보냈다. 혼자 비행기를 태워서 보내야 하는 문제와 미국에 도착해서 고모 손에 아이를 인도하기까지, 우리 부부도 아이도 두렵기는 마찬가지다.

그러나 미리 독립시키기 훈련을 위해 우리는 아이 미국 여행을 강행했다. 아이는 가고도 싶고 두렵기도 한지 오락가락했다. 우리는 아이를 믿기로 했다. 아이 혼자 미국행 비행기를 태웠다. "바이"라고 인사를 하며 어린 것을 게이트로 들여보내고 한참을 김포공항에 서 있었다. 그리고 우리는 담담한 척 공항에서 집으로 돌아왔다. 밤이 되자 집이 적막해졌다.

아이 방을 들여다보니 컴컴하다. 울컥 울음이 나왔지만 삼켰다. '내가 무엇 때문에 아이를 혼자 그 멀리까지 보내는 거지?', '내가 너무 한 거 아닌가?', '이미 보낸 거 할 수 없지.' 나는 견뎌야 했다. '언제 이런 경험을 하겠어.' 나는 또 담담한 척 혼자 중얼거리며 내 침대로 와서 잠을 청했다. 하늘을 날고 있을 아이 생각에 잠이 오지 않았다. 어떻게 잠이 들었는지. 새벽이다. 꿈속에서 누군가를 찾았던 기억이 난다.

그렇게 아이는 미국행 비행기를 탔고 고모 집에 도착했다. 고모 집에서는 잘 지낸다고 했다. 먹는 것도 잘 먹고 고모부 교회에서 어린이 예배도 드렸다고 했다. 또 캘리포니아 쪽에 있는 대학교 투어를 했다고 사진을 보내왔다. 아이가 엄마보다 더 단단하다. 아이 독립심을 키워준다고 보낸 한 달 살기였지만, 아이는 독립심 필요 없이 잘 적응 중인데 엄마인 내가 더 적응을 못 했다. 아이를 보낸 한 달 동안 불안하고 또 불안했다. '혼자 괜히 보냈나?' 또 밉상은 안 떠는지. 걱정근심으로 30일을 채워나갔다.

한 달 후, 아이를 공항에서 만났다. 얼굴이 좀 까매져 있었고 살이 좀 빠졌다. 아이가 편지 봉투를 건네준다. "엄마, 이거 승무원 언니가 준 거야." 봉투를 열고 편지를 읽었다. 비행기 내에서 우리 아이를 보살피며 적은 내용이었다.

'혼자서 긴 시간 잘 앉아 있었다.', '예쁘고 똑똑하다.' 그런 내용이었다. 집으로 돌아와 트렁크를 열어보니, 면도기, 칫솔, 치약, 뭐 이런 것들이 잔뜩 나왔다. 아빠 주려고 비행기에서 챙겼다는 아이. 나는 지금도 독립이란 단어가 나오면 초2 딸아이의 홀로 미국행이 생각난다. 다시 아이가 돌아왔고 비었던 방은 다시 아이로 채워졌다. 일상이 편안해졌다. 미리 독립시키기 1탄은 딸보다 엄마가 독립시키기로 막을 내렸다.

두 번째 아들은 딸하고 달랐다. 사춘기를 진하게 겪으며 중학교 1학년과 2학년을 간신히 다녔다. 유학을 더는 미룰 수가 없었다. 이 아이 또한 내게서 독립시켜야겠다는 생각이 들었다.

공부에 취미도 없는 것 같고 학교생활도 어려워했다. 그리고 어쩌면 이 마음은 내가 아이에게서 벗어나고 싶은 독립일 수도 있겠다. 사실 내 일도 많았다. 나는 그때도 논술 학원을 운영했다. 학원에 오는 아이들은 잘하고, 점잖고, 모범생들인 것 같은데, 내 아이는 엄마가 논술 선생님인데도 책도 제대로 읽지 않았다. 또 쓰는 것도 꽉 채워 쓰지를 못했다.

'가계야치(家鷄野雉)'

남의 것은 좋아 보이고 내 것은 하찮다고 생각하는 병에 걸린 듯 나는 아이에게 늘 불만이었다. 지금 생각하면 우리 아이는 뭐 하나 잘하거나 특별한 것이 없다는 것이 불안했다. 그 이유로 아이를 볶아댄 것 같다. 미안하다.

궁하면 통한다고 같은 교회를 다니시던 분의 소개로 뉴질랜드 유학을 결심했다. 그래 보내자, 돈? 없으면 땅이라도 팔아서 보낸다. 그때는 어디서 그런 무모한 용기가 났는지 모르겠다. 우리 부부는 있는 돈 없는 돈을 박박 긁어모아 중3 초봄에 아들을 뉴질랜드로 보냈다. 인천공항에서 자기보다 큰 트렁크와 배낭을 멘 아들. 나는 애증이 생겨 있었다. 보내고도 싶고 어렵게 얻은 아들(인큐베이터에서 한 달을 살았다.)을 내게서 떠나보내고 싶지가 않은 양가감정이 있었다.

아이는 한국이 싫은지, 뒤도 돌아보지 않고 게이트를 빠져나갔다. 그 아들의 뒷모습! 어깨가 너무도 안쓰러워서 나는 얼마나 울었는지 모른다. 우리 부부와 누나, 세 명은 인천공항을 빠져나오는 내내 소리 내어 울었다. 나는 게이트로 들어간 아들에게 전화를 걸었다.

---

7 집에 있는 닭과 꿩이라는 뜻으로, 가까이 있는 흔한 것은 천히 여기고, 멀리 있는 드문 것을 귀하게 여긴다는 사자성어.

"아들. 엄마를 용서해라."

"너한테 욕하고 때려주고 공부하라고 다그쳤던 것, 모두 잊어라. 미안하다."

"그리고 3년 동안 잘 지내."

또 울음이 나왔다. 이렇게 나는 두 아이를 독립시킨다는 기치 아래 외국으로 유학을 보냈다.

그런 와중에 나는 나를 보았다. 독립은 두 아이가 해야 할 것이 아니라 내가 해야 하는 것이었다는 것을! 두 아이 독립시키기는 다름 아닌 내가 독립되는 과정이었다. 그래서인지 나는 가족이나 자식들에게 절대 의존하지 않는다. 내 스스로 돈도 벌고 부동산도 불려 나간다. 그렇게 공부 안 하고 방황하던 아들은 결혼을 하고 독립해서 잘 살아내고 있다. 딸도 자신의 박사 공부와 목회 사역을 잘 감당하고 있다. 나와 남편은 아직까지 일을 한다. 남편은 직장인이고 나는 지금도 논술 선생님을 한다.

어릴 때 부모 곁을 떠나 살아본 아이들은 독립적으로 잘 산다. 이건 비밀인데, 겉은 독립적이지만 아직도 속이 무른 나는 늘 흐느적거린다. 딱히 의존도 아니고 그렇다고 독립적이지도 않은 나.

'이제 내가 유학을 가야 하나? 정말로 독립하기 위해서!'

'미술 공부? 그래야 독립적이 될까?'

하늘이 파랗다. 바다는 더 파랗다.

세상은 넓고 할 일은 많다던 어느 대그룹 회장의 말이 생각나는 저녁이다.

05

똘끼로 간신히 마련한
세컨하우스

　말 그대로 간신히 마련한 세컨하우스(게스트 하우스). 이것저것 영끌(영혼까지 끌어모은다는 속어)은 아니더라도 있던 돈을 박박 긁어모아서 대출 없이 소형 아파트를 샀다. 이름을 '루나 하우스'라고 지었다. 달의 여신! 루나 하우스에 오는 게스트 손님들이 편안하게 쉬다 가라는 뜻으로 지은 이름이다.

　꿈의 장소였던 강릉 바닷가에 세컨하우스 계약을 하는 날. 큰 집을 마련할 때보다 마음이 설레고 정말 좋았다. 집은 계약됐고 잔금을 치르고 입주를 기다리는 동안 살림살이를 하나하나 사러 다녔다. 똘끼 중년 부부가 이불을 사고 프라이팬을 사고 숟가락을 사고 비누를 사고, 카트에 살림살이로 가득 채우며 집기를 준비했다. 우리 부부는 서로 쳐다보면서 미소를 지었다.

　"흥, 재밌네."
　"역시 새것은 좋아."

"아, 빗자루도 사야지."

우리는 세심한 것까지 하나하나 정신 똑바로 차리면서 준비해 나갔다. 주택을 매입할 때는 고민에 고민을 거듭했지만 살림살이를 사는 일은 재밌다. 똘끼 여사는 세팅을 좋아한다. 세컨하우스 세팅은 우리 부부에겐 소꿉놀이처럼 재미있었다. 뭐든 작은 것으로 샀지만 종류가 좀 많았다.

강릉, 세컨하우스는 우리집에서 3시간이 걸린다. 첫날 운전은 남편이 선두로 했다. 첫 게스트를 맞기 위한 청소를 하러 가는 날이다. 강릉 영진해변으로 가는 길에는 터널이 30개가 넘는다. 요즘 터널에서는 졸음 방지를 위해 이상한 불빛과 무지개 조명, 노래, 호루라기 소리, 사이렌 소리까지 다양한 졸음 방지 옵션이 터널에 장착되어 있다. 그 졸음 방지 옵션 때문에 나는 더 졸렸다. 나는 또라이가 맞나 보다. 정보를 거꾸로 받아들인다.

우리는 끝도 없을 것 같은 긴 터널들을 지나며 그동안 살아왔던 시간들을 상기시켰다. 첫째가 태어나고 우는 기간에 겪은 힘든 시기. 아이는 자나 깨나 울었다. 아기 키우는 일에 서툰 나는 울며불며 아이를 돌봤다. 아이는 커서 성악가가 되었다. 어릴 때 울었던 목청이 좋게 풀렸나? 어린 엄마는 아이와 함께 커나갔다. 또 긴 터널을 지나게 되었다. 남편의 옆얼굴이 피곤해 보인다. 작은 집에서 신혼살림을 시작할 때는 저 얼굴은 탱탱했다. 손도 예뻤다.

"세월은 어쩔 수 없네."

"왜?"

"당신 손이 기생오라비 손처럼 고왔잖아?"

"그랬지."

"좋은 시절 다 갔지 뭐!"

"그렇진 않아, 우리가 세컨하우스를 사는 것도 더 잘 살아보자는 거지."

"……."

남편은 내가 학원을 시작하고부터 함께 집안일을 했다. 주부습진도 생기고, 남편은 IMF, 코로나 펜데믹을 지나면서 직장을 그만두었다. 다른 직장을 찾으면서 점점 머리보다는 몸으로 하는 일을 했다. 손이 너무도 거칠어졌다. 남편의 직업은 해외 바이어를 만나 사전 계약을 유지하게 만드는 영업직이었다. 기생오라비 손이 막노동을 한 사람 손처럼 마디가 굵어졌다.

또 나이가 드니 지금처럼 손등이 쭈글쭈글하다. 내가 다시 손등을 쓸자 남편은 입을 비실거린다. 런치 백에서 사과 한 쪽을 꺼내 입에 넣어주었다. 맛있게 받아먹는다. 터널은 점점 늘어나는 듯 길기만 하다. 터널에서 잠깐 나왔다가 또 터널 입구가 우리를 먹어버린다.

"얼마나 남았지?"

"아직 1시간은 더 가야 해."

남편의 구부정한 어깨가 눈에 들어온다.

"피곤하면 내가 할게."

"괜찮아."

우리는 새로운 터널에 접어들었다.

"그런데 말이야, 당신 우리 시원이 아팠을 때 정말 힘들었지. 그리고 애썼어."

뜬금없는 소리가 내 입에서 나왔다. 둘째인 아들은 태어나자마자 숨을 잘 쉬지 못했다. 나중에 안 일이지만 제왕 절개를 할 때 아이의 머리 뒷부분을 메스로 건드린 상처가 있었다. 의료사고였다. 괜한 아이만 고생을 시켜서 두고두고 미안하다.

우린 "아이가 양수를 먹었다."라는 의사의 말을 믿었다. 현명하지 못한 엄마 아빠 때문에 아이가 고생을 많이 했다. 아이는 응급 처치를 하고 큰 병원으로 옮겼다. 신생아 인큐베이터로 들어가 한 달을 있었다.

그 당시, 나는 제왕 절개로 몸을 가누지 못했고 내가 잠깐씩 정신을 잃었기 때문에 아무것도 할 수 없었다고 한다. 그 힘든 시기, 남편 혼자 핏덩이를 안고 앰뷸런스에 올랐다고 한다. 남편의 눈가가 또 붉어진다. 둘째 이야기만 하면 그때의 아픔이 되살아나는지, 30년이 지났는데도 눈시울을 붉힌다. 아들 사랑이 뭔지? 아들에게 언제나 껌벅 죽는다. 지금도 먹먹해 하는 남편의 얼굴이 안쓰럽다. 화제를 돌렸다.

"세월이 많이 흘렀네."

"왜?"

"당신 보니까."

"나도 마찬가지겠지?"

"그럼, 우린 이제 늙었어!"

우리 부부는 정답게 터널을 하나하나 정복해 나갔다. 이야기를 나눠도 영진해변은 나오지 않는다. 멀기는 멀다. 이번 터널을 지나면 휴게소다. 휴게소에서 화장실도 가고 커피도 한잔 마셔야겠다. 휴게소부터 나는 운전대를 이어 받아 냅다 달렸다. 강릉이라는 푯말이 나온다. 너무도 반갑다. 가서 하는 일은 우아한 일이 아니다. 집 청소다. 바닥을 쓸고 닦고 화장실도 청소해야 한다. 그러나 강릉이라는 글자가 반갑기만 하다. 우리는 푼수 부분가 보다. 울다가 웃다가 30개 넘는 터널을 통과해 목적지인 강릉에 닿았다.

　우리는 파이프라인을 만들려고 세컨하우스를 무리하게 장만했다. 내가 똘끼여사라서. 그것도 아주 멀리 있는 강릉에. 세컨하우스는 나름대로 장만도 힘들었고 오고 가기도 이렇게 힘들다. 그렇지만 큰맘 먹고 하는 세컨하우스라서 힘 닿는 데까지 해볼 것이다. 그리고 할 수 있다면 두 곳을 더 장만하고 싶다. 노후 대책이다. 나중은 어찌 될지 모르지만. 파이프라인 세 개. 당첨! 다음 게스트하우스는 좀 더 가까운 곳에 장만할 수 있을까?
　터널에 울리던 세이렌 소리가 귓가를 맴돈다.

06

나는 카멜레온처럼 변신하련다

한 곳과 한 장소에서 사십, 오십, 육십 대를 맞아본 적이 있는가? 내 삶이 카멜레온처럼 변신하지 않았다면 이처럼 긴 시간을 견뎌내지 못했을 것이다. 나는 삼십 대에 비해 많은 변신을 겪었다. 프란츠 카프카만 변신을 하는 것이 아니다. 나도 논술 학원에서 굽이굽이 변신을 겪었다. 삼십 대에 시작한 학원은 사십 대를 넘어까지 이어졌고 나는 사십에 대학원을 수료했다.

수료는 쉬웠는데 논문을 미루었더니 지금껏 수료자로 남았다. 이제는 전과를 하려 한다, 공부는 사십 대에 바짝 했어야 했다. 두 아이 공부를 시키느라 내 공부를 잠시 쉬었더니 석사 졸업도 박사 진학도 어려워졌다. 대신 나는 죽어라 책을 읽었다. 정말 죽기 살기로 읽어놓은 책이 없었다면 지금의 나는 없을 것이다.

책 덕분에 내가 존재하고 변신 됐다. 책으로 인하여 돈도 벌고 내 몸값을 올릴 수 있었다. 또 자존감도 고공 승진시켰다. 장르 불문하고 책은 직접 사서 읽었다. 어떤 물건을 사도 책값과 견주어 보았고 나는 그 물건보다 책을 선택했다. 쌓인 책들은 거의 모두 읽어냈다. 어려운 책도 있었고 그림책도 있었다. 시집도 300권 이상 사서 읽었다. 미친 읽기였다.

책의 임계점을 넘기자, 뭔가 생겼다. 글이 나왔다. 산문도 아니고 시도 아닌 것들이 쏟아져 나왔다. 나는 습작 시를 쓰면서 나를 풀어냈다. 아버지와의 갈등도 풀어냈다. 시를 쓰며 한강에서 대성통곡을 했다. 또 습작 시를 녹음해서 동생들에게 보내며 울었다. 그동안 고여있던 썩은 물들이 습작 시와 함께 흘렀다. 그러자 맑은 물이 나왔다. 습작 시가 200편 이어가자 나만의 시가 조금씩 써졌다. 나는 김포문학상 장년부로 뽑혀, 등단을 했다. 그리고 책 읽기를 손에서 더 놓지 않았다. 책은 3,000권, 5,000권을 넘어서도 읽었다. 광기 어린 읽기였다.

이제 그림이 그려졌다. 이미지가 생긴 것이다. 처음 나는 연필화를 수도 없이 그렸다. A4 용지에 그려진 연필화는 3만 장을 넘어섰다. 책으로 묶어 놓으니 나만의 컬러링이 되었다. 또 책을 읽었다. 다양한 분야의 책 읽기는 나를 더 유연하게 만들어 주었다.

어느 날, 캔버스에 그림을 스케치했다. 아크릴 물감을 사서 채색을 했다. 혹시 하는 마음에 미술대전 출품을 했더니 덜커덕 입선을 했다. 이상한 일이 생겼다. 그냥 스케치 없이 그림이 막 그려지는 거였다. 이렇게 그려진 그림이 200점을 넘게 됐다. 잘 그려진 그림들을 가지고 첫 전시회를 열었다. 한 달 동안 100명이 넘는 지인들이 전시회를 찾아주었다. 그리고 바로 2차 전시회를 시작했다.

나는 한 곳에서 시작된 논술 학원을 20년이 넘게 운영하고 있다. 사십 대엔 대학원을 다녔다. 오십 대엔 시와 그림을 그렸다. 육십 대에는 일본 유학을 하고 싶다. 종이책은 벌써 시작되었다. 나는 다른 사람에 비해 변신을 여러 번 했다. 책 덕분이다.

나의 여러 페르소나 중에 잘한 것도 있지만 못한 것도 많다. 나는 엄마와 아내 노릇은 못한 듯하다. 그러나 내 삶을 주체적으로 살아낸 것은 맞다. 현모양처는 못 되었다. 그러나 엄마가 자기 삶을 치열하게 사는 것을 본 아이들은 잘 자라 주었다. 서울에서 들어가기도 힘들고 졸업도 힘든 Y대학원을 둘 다 졸업했다.

나는 우리 아이들이 고맙다. 부족한 엄마를 원망하지 않고 자신의 길을 간 아이들이 대견스럽다. 삐뚜로 나갈 수도 있었을 텐데, 자신의 길을 갈고 닦은 두 아이가 안쓰러울 때가 많았다. 직장을 가진 엄마를 둔 아이들은 스스로 뭐든 해야 한다. 또 학교에서 참관 수업이나 잔치 같은 것을 별로 참석해주지 못했다. 늘 부모의 사랑이 갈급하고 고달팠을 아이들을 생각하면 울컥일 때가 있다.

아무튼 나는 내 삶을 개척하면서 변신하려 노력했다. 시인도 되고 화가도 되고 이제 작가도 되었다. 어렵고 힘든 상황 속에서도 손에서 놓지 않은 책 덕분에 명함을 여러 개 가질 수 있는 당당한 프로가 되었다.

육십 대에는 일본 유학을 꿈꿔 본다. 남들은 60이면 이제 할머니라 생각할 수도 있다. 그러나 나는 일본으로 유학을 떠나고 싶다. 늦은 나이는 없다고 생각한다. 가서 못다 한 그림 공부를 2년 정도 해보고 싶다. 100세 시대를 사는 우리들은 변신하지 않으면 고인물로 남을 수밖에 없다. 자신이 할 수 있는 일을 찾아보면 얼마든지 있다.

예전에는 제2의 인생까지 설계를 했다면 이제는 제4의 인생까지 설계를 해야 한다. 생명 연장에 대한 과업이다. 세상은 넓고 수명은 길다. 시간을 죽이며 살 것인가? 스스로 개척하며 내 삶을 주체적으로 살 것인가? 그건 본인들한테 달려있다. 뱀은 허물을 벗지 않으면 죽는다. 몸은 살아 있어도 정신이 죽을 수도 있다는 이야기. 우리도 마찬가지다. 목숨이 붙어 있는 한 변신해야 한다. 그렇지 않으면 목숨만 연장하는 재미없는 인생을 살 것이다.

나는 누가 뭐라고 해도 카멜레온처럼 계속 변신할 것이다.

07

개미 말고 베짱이가 좋은 이유

나는 유별스럽게 그림책을 좋아한다. 유아기 그림책부터 아동, 어른을 위한 그림책들이 너무도 사랑스럽다. 알록달록 색이 예뻐서 겉표지와 그림들을 어루만질 때가 종종 있다. 그림책의 캐릭터들은 이상한 나라의 앨리스처럼 나를 데리고 마법의 나라로 여행을 시켜줄 것 같다. 그림책의 캐릭터들은 모두 하나같이 멋진 모습들을 하고 "나 좀 바라봐 주세요."라고 손짓을 한다.

개미와 베짱이 이야기도 그렇게 내게로 왔다. 개미와 베짱이 그림책은 어릴 때나 어른이 되어서나 참 많은 것을 생각나게 한다. 검정 개미가 땀을 뻘뻘 흘리며 자기보다 몇 배나 큰 먹이를 나르는 모습과 그 반대편에 서는 기타를 메고 모자를 삐뚜로 쓴 베짱이가 노래를 부른다.

그림책을 좋아하는 나는 개미와 베짱이 책을 볼 때는 좀 화가 난다. 왜 이분법을 써서 개미는 부지런한 일꾼이고 베짱이는 게으름뱅이라는 것인지? 의문 아닌 의문을 갖는다. '이 그림책은 다시 그려야 하는 것 아닌가?' 생각한다.

개미가 큰 먹이를 굴리며 끙끙 힘을 쓸 때, 나뭇잎 사이에서 기타를 치며 땀을 흘리는 베짱이의 모습으로 바꾸고 싶다, 개미나 베짱이나 똑같이 자신의 소임을 다한 것 아닌가 해서다. 개미는 겨울 양식을 준비한 것이고 베짱이는 짝짓기를 위한 노력을 한 것이다. 개미도 베짱이도 일한 것으로 바꿔 그려야 한다. 둘 다 아름다운 노동의 현장 아닌가! 나는 이렇게 그림책의 캐릭터들과 나만의 사랑에 빠진다.

어쩌면 개미보다는 베짱이의 삶을 조금 더 좋아한다. 놀면서 일하기. 여러분들도 꽤나 익숙한 단어들일 것이다. '잘 노는 사람이 성공한다.', '재미나게 놀았더니 성공해 있더라.', '일에 미친 듯이 빠져 베짱이처럼 놀았더니 그 분야의 전문가가 되었더라.' 다 맞는 말이다. 필자도 개인적으로 공감하는 단어이고 또 그렇게 살고 있는 무리 중에 한 사람이다.

내 나이 중년, 난 지금껏 아이들, 학생들을 가르치는 논술 선생님으로 산다. 정확히 말하자면 책을 재미나게 읽고 그것으로 놀이하듯 학생들과 수업을 하는 똘끼 선생님이다. 그림책이든, 줄글이든, 시집이든, 철학이든, 어떤 책이라도 재미나게 읽고 가르친다. 그 책의 극적 터닝 포인트가 쉽게 눈에 들어온다. 그림책은 그림책의 놀이 포인트가 있고, 미술책은 화가들의 놀이가 있으며 철학책은 철학자 그들만의 놀이가 있다. 그것을 찾아내서 학생들과 나누면 된다. 이런 마인드로 살다 보니 어느덧 세월이 흘러 철없는 어린이로, 노래하는 베짱이로, 논술 놀이를 하는 선생님으로 살아가는 중이다. 책의 노래를 부르는 베짱이라고 보면 되겠다.

나는 매일 책을 가지고 놀이하는 논술 선생이란 직함을 사랑한다. 오늘 내가 재미나게 읽은 책이 내일은 내게 항상 돈을 주고 기쁨이란 마음의 선물도 주어서 즐겁다. 물론 학생들을 가르치다 보면 어렵고 힘들고 난관에 부딪힐 때도 있다. 그러나 크게 상관 하지 않는다. 난 아이들의 그 마음을 믿는다.

책을 읽는 아이들의 마음은 넓은 우주가 될 것이며 다른 사람을 배려하면서도 자신의 우주를 아름답게 꾸밀 아이들이 될 것임을 난 믿는다. 호이징가라는 철학자는 놀이하는 사람을 '호모 루덴스'라고 이름 지었다. 바로 나와 우리 학생들이 놀이하는 호모 루덴스라 생각한다. 우리는 어렵고 힘든 난관도 놀이로 바꿀 줄 아는 카멜레온들이기 때문이다.

내가 이렇게 놀이하는 베짱이가 된 것은 어느 날 갑자기 이루어진 것은 아니다. 나 또한 처음 학생들을 가르칠 때는 말 그대로 훈장님이었다. 내가 머릿속에 담아온 이 내용을 모두 학생들에게 심어주고 싶어 안달하는 사람이었다. 경직된 훈장님의 모습이었다.

그렇다고 훈장님을 과소평가하는 것은 아니다. 나의 훈장에 대한 이데아가 경직이라는 것뿐이다. 내가 이리 놀이하듯 학생들을 가르치게 된 것은 모두 책 덕분이다. 책 읽기의 선물이다. 책 읽기가 어느 정도 양적으로 늘어갈 즈음, 슬며시 호모 루덴스란 놈이 내 곁에 꽈리를 틀게 되었다.

그런데 주입식 선생님으로 살 때보다 베짱이로 살 때가 훨씬 가볍고 살 맛이 난다. 힘도 덜 든다.

오늘도 나는 가슴이 뛴다. 가지런히 놓여있는 나의 책들과 함께 일상을 살아갈 순간이 좋게만 느껴진다. 내 손길을 기다리는 그림책을 사다 놓았을 때는 더욱 그렇다. 내 책상에 새로 사다 놓은 그림책과 책들 속에 펼쳐질 아름다운 세상 이야기를 상상하면 어떤 미지의 세계가 나를 엘리스의 마법으로 이끌 것인지 가슴이 뛸 수밖에 없다. 나는 행복한 논술 선생님이다.

08

하와이 욕조에서
6박을 지내다

"아유, 잠이 안 와."

"왜? 그냥 눈 감고 있으면 잠이 오지."

"뇌가 살아 있는 것 같아, 잠을 잘 수가 없어."

나와 딸의 대화다. 딸과 나는 하와이에서 첫 번째 밤을 지내기 위해 각각 침대에 누웠다. 그러나 잠이 오지 않는다. 딸과 한방에서 잔다는 것이 아주 어색하다. 나는 어릴 때부터 한 침대에서 아이를 재우지 않았다. 옆 침대를 붙여서 아이를 재우고 키웠다. 그래서인지 한방에서 자는 것이 어색하다. 나는 잠에 드는 것이 어렵다. 잠에 예민했기에 잠을 잘 때는 내 자리에서나 혼자 자는 버릇이 있다. 큰일이다. 하와이 7박을 어떻게 딸과 같은 방을 쓰면서 지내야 하나, 앞이 깜깜하다. 한숨을 쉰다.

"휴, 휴, 휴," 잠을 청할수록 더욱 또렷해지는 뇌.

하와이 하늘엔 폭죽이 팍~ 팍~ 화려하게 수를 놓으며 퍼져나간다. 야

자수 나무가 바람에 흔들린다. 창문 틈 사이가 요란하다. 나는 침대에 누워 한숨 폭죽을 쏘고 있다.

"아휴." 쉬가 마렵다. 화장실에 다녀와서 다시 누웠다. 더 정신이 또렷또 렷하다.
"어째, 휴~ 휴~"

나는 눈을 감고 한참을 누워있었다. 긴 시간이 지나자, 딸은 잠이 들었는 지 조용하다. 살그머니 일어나 침대에 앉았다. 바닥으로 살살 기어갔다. 그 리고 스탠드를 켰다. 환하다. 불빛 차단을 위해 수건과 옷가지를 사용해 우 산 등을 만들었다. 내 생각엔 완벽했다. 그 후 책장을 넘기는데, 너무 행복 했다. 나는 2시간 넘게 책을 읽다가 바닥에 깔아놓은 수건 위에서 잠이 들 었다. 침대는 비워둔 채!

낮은 좋다. 해변에 가서 바다 수영을 하고 사진을 찍었다. 와이키키 해 변, 와이키키는 색 축제의 현장이다. 알록달록한 옷차림. 서핑하는 비키니 차림의 날씬한 백인 여자아이들! 내가 봐도 매력적이다. 나는 다리 달린 수 영복을 입고 있다. 급하게 사느라 비키니를 사지 못했다. 사실은 뚱뚱해서 맞는 사이즈가 없었다. 그래도 바다 수영을 즐겼다. 딸도 수경을 쓰고 바 다에서 포즈를 취하고 즐거워했다. 낮은 빛났다. 그런데 점점 밤으로 가는 5시, 늑대의 시간이 다가오자 나는 불안했다. 잠자리 때문이다.

'오늘 밤은 또 어찌 잘까?' 고민을 하는 사이 딸의 친구가 승용차를 가지고 왔다.

우리는 딸 친구를 만나 간판이 요란스러운 식당으로 갔다. 햄버거와 스파게티, 음료수를 시켜 맛나게 먹었다. 딸 친구의 차를 타고 탄탈루스 전망대로 밤의 정경을 보러 갔다. 산꼭대기에서 보는 마을, 집에서 흐르는 빛이 하늘의 별처럼 반짝거렸다. 아름다웠다. 인간의 마을이 밤이면 하늘이 된다는 것을 알았다. 또 산꼭대기에서 하늘을 올려다보니 커다란 별이 주렁주렁 달려있었다. 바로 떨어질 것 같다. B612호의 어린 왕자처럼 길들여지고 싶은 밤이다.

늦은 시간 우리는 숙소로 왔다. 샤워를 하고 침대에 누웠다.

"오늘 밤은 잘 잘 수 있을 거야." 주문을 외우며 잠이 오기를 기다렸다. 웬걸, 어제보다 더 뇌가 섹시해지는 게 아닌가? 낮에 마신 하와이 커피 때문이다.

"휴, 휴, 휴."

이대로 있을 수는 없다. 뭐라도 하자, 그때 문득 책에서 읽었던 어느 유학생의 책 읽기가 생각났다. 그 유학생은 화장실에서 책을 읽었다고 한다.

'화장실, 욕조. 맞아, 맞다.', '유레카.'

나는 벌떡 일어났다. 화장실로 들어가 하얀 욕조를 깨끗하게 닦았다. 바닥은 물기를 없애고 수건을 깔았다. 욕조가 반짝반짝 윤이 났다. 방에 있던 하얀 시트와 베개와 이불을 들고 욕조로 들어갔다. 화장실 문을 닫고 욕조에 누웠다. 그날부터 나는 욕조에서 책을 맘껏 읽었다. 편안하고 좋았다.

또라이 줌마 씨는 그렇게 하와이 욕조에서 6박을 잤다. 낮에는 화려하게 와이키키 해변을 거닐며 우아하게 지냈다. 저녁엔 맛있는 음식을 먹으며 만찬을 즐겼다. 밤은 나의 욕조로 들어가 책을 읽고 낮에 있었던 일을 그림으로 그려나갔다.

하와이 여행은 나에게 아주 소중한 체험이다. 와이키키라는 화려한 도시에서, 예수님이 태어난 말구유보다 더 낮은 욕조에서 6일을 잤으니 말이다. 욕조에서 나는 내 속사람과 만나고 속 사람과 싸우며 화해를 청하고 손을 잡았다.

나는 생각한다. 하와이 욕조 생활은 나에 대한 존중과 나에 대한 배려였다고.